文春文庫

月影の道

小説・新島八重

蜂谷涼

文藝春秋

目次

月影の道

小説・新島八重

第一章　落城

明治元（一八六八）年九月二十二日夜半。

山本八重《やまもとやえ》は、会津若松城三の丸御殿をそっと抜け出した。

広大な操練場や的場、薪蔵や番所が点在する三の丸は、ひっそり静まり返っていた。

かつて藩士たちが凜と背筋を伸ばして行き交い、美々しい手綱を引かれた馬たちが蹄の音を響かせた場所は今、しわぶき一つ聞こえない。その静寂《しじま》に、胸が締めつけられた。

大手門前の石橋の西端や、黒鉄御門《くろがねごもん》におかれた会津藩主・松平容保《まつだいらかたもり》の御座所の前に「降参」と大書された白旗が掲げられたのは、この日朝四つ（午前十時）のことだ。

一間半ほどの竹竿に結び付けられた白旗は、幅が二尺、長さが三尺。城内の白布という白布は繃帯として使い尽くしていたため、白い小切れを這いずるようにかき集め、ようやくのことで縫い合わせたものだった。それを縫う女たちの目は悔し涙で曇り、針の進まぬことこの上なかった。

女たちの涙に濡れた白旗が翻る中、容保は、養子の喜徳《のぶのり》や家老の萱野権兵衛などを従えて、城を出た。麻裃《あさかみしも》に刀も帯びぬ姿であった。

八重をはじめ、ひと月近くにわたり籠城して戦ってきた家臣やその家族たちは、交わす言葉もなく、主君一行を大手門で見送った。地べたに額をつけて肩を震わせる老兵もいれば、石垣に身体をぶつけるようにしてすすり泣く女もいた。八重は、強く握り締めたあまり拳の骨が砕けそうになるのを感じながら、ただじっと主君の後姿を見つめていた。

城の目の前、甲賀町通りの石橋のあたりに設けられた開城式の場では、十五尺四方もの緋毛氈《ひもうせん》の上に置いた椅子に敵の軍監・桐野利秋が腰かけ、容保は荒莚《あらむしろ》に座して謝罪状を読み上げさせられた。この上なき恥辱であり、屈辱であった。敵方は、礼節も武士の情のかけらさえも、持ち合わせていなかったのだ。

しかも、敵方の傲岸無礼はこれにとどまらない。

昼過ぎ、城の明け渡しに備えて城中の会津勢が全員三の丸に集められると、即座に敵方が入城してきた。

「いやぁー、いやぁーッ」

敵方は、高らかな雄叫びを続けざまに上げつつ、三の丸まで響く足音を立てて駆け足で繰り込んできた。

「何と面当てがましい。傍若無人な野人どもめ」

「奸賊に城を渡してなるものか」

「この際、腕のかぎり縦横に斬りまくって、自刃しようぞ」

三の丸の方々で、怒りに震える声が上がった。そこへ「なりませぬッ」と鋭くかぶさる声があった。中野こう子だ。

「各々方《おのおのがた》の無念、敵を斬り捨てたき気持、私とて同様にございます。されど、我々がさような振る舞いに及びますれば、殿様の御身はいかが相成りましょう。そこをとくとお考えめされ」

その言葉に、三の丸はしんと静まった。こう子の唇が小さくわななないていた。会津の者たちは、みなみな同じように唇をわななかせ、敵方の雄叫びと足音がする方をぎらつく目で睨みつけた。

夕方には人員調べをするとのことで、会津勢は、今度は桜ヶ馬場へ集められた。しかし、途中で日暮れとなり、再び三の丸へ戻される。すると、桜ヶ馬場へ来るときには、道々立て並べられていた会津葵の御紋の提灯が、ことごとく揚羽蝶紋の提灯に代わっていた。

汚らわしい奸賊どもの提灯が……。私たちのかけがえのないものは、何もかも散らされてしまった。

八重は、奥歯をぎりぎりと鳴らしながら、三の丸へと戻ったのだった。

そうして今、八重は、眠れぬままに三の丸の雑木林をあてもなくさまよい、雑物蔵の前に出たところだ。

冴えた風が、うなじをなぶる。どこか遠くで梟《ふくろう》が鳴いている。

ふと見上げると、銀色の月が中天に皓々と照り輝いていた。

一

竹子さん、見えますか。あの見事な月が。

思えば、あなたと初めて会ってから、まだ三年にもならないのですね。なのに、その間の月日のなんと長く、濃かったことか。

あなたと過ごした日々が、今は何やらひどく昔のような気がします。

「坂下《ばんげ》にものすごい薙刀《なぎなた》の使い手がいる。それも、ついこの間まで、備中庭瀬《びっちゅうにわせ》藩主《はんしゅ》であらせられる板倉勝弘《いたくらかつひろ》公の奥方に右筆《ゆうひつ》として仕えていた才媛にして、たいそうな別嬪だそうな」

そんな噂を耳にしたのは、慶応元年（一八六五）の暮れ近くのことでした。

私は、年が明けるのを待って、若松城下から二里余り離れた坂下に向かいました。

その頃には、あなたが、江戸定詰納戸係《えどじょうづめなんどがかり》の中野平内様の長女として江戸に生まれ育ったことや、あなたに四書五経や詩文などの学問と薙刀術や刀術を伝授した、目付の赤岡大助様に文武の才と気立ての良さを見込まれて、赤岡家の養女となったこと、わずか十七歳から足掛け三年ほど庭瀬藩主の奥方の右筆を務めたものの、尊王攘夷を是として会津藩を追われた赤岡様に従い、名誉ある職を潔く辞して、赤岡様ご夫妻とともに坂下に住まう縁者の屋敷の離れで暮らしていることなどを聞き知っていました。

我らが殿様の義姉でいらっしゃる熙姫《てるひめ》様の薙刀指南役を務めたばかりか、江戸でも名高い文人として知られていたという赤岡様が、是非とも養女にと望まれた竹子様とは、どのような方なのだろう……。

稽古で愛用している薙刀を携えて阿賀川《あがかわ》の渡し舟に乗り込むと、斬りつけるような風が頬に吹きつけてきました。風の冷たさとは裏腹に、私の胸は熱く高鳴っていました。ところが、その胸の高鳴りは、あなたの姿を見た途端にぴたりと止んだのでした。

まさか、この人が。

噂は誇張だったのだと思いました。儚げなほど白い肌。ゆるく弧を描く眉と涼しい目許。筋の通った鼻に形の良い唇。まさに、うりざね顔の美人が目の前にいたのです。しかも、あなたは撫で肩の柳腰で、私は、こんな華奢《きゃしゃ》な人が薙刀の使い手であるはずがない、とんだ無駄足を踏んでしまった、とつくづく思ったものでした。

拍子抜けした気分で突然の訪問を詫びる私に、あなたは、慎ましやかな微笑みを見せてくれました。

あなたの微笑みが何やらまぶしくて、私はちょっと目をしばたたきました。

「父、山本権八良高《ごんぱちよしたか》が藩の砲術師範役を仰せつかっており、兄の覚馬良晴《かくまよしはる》が軍事取調兼大砲頭取の任にありますゆえ、私も一通りの砲術と銃撃術を修めました。また、薙刀術は穴沢流を学びましてございます。竹子様が薙刀の達人でいらっしゃると伺い、卒爾《そつじ》ながらお手合わせいただきたく罷《まか》り越した次第にございますけれど」

手合せするまでもなかろうが、と少し迷いながら言うと、至極あっさりした応えが返ってきました。

「さようでございますか。しからばお相手仕《つかまつ》ります」

あなたは、赤岡様とあなたが近所の子らに教えるための道場に私を案内し、「しばしお待ちを」と言い残して離れに戻っていきました。そのたおやかな後姿が、妙に癇に障りました。

取り澄ましていられるのも今のうちじゃ。ひ弱な江戸桜に、国許育ちの腕前を見せつけてやるわ。

私は秘かに息巻いたものです。

正月休みのこととて教え子たちの姿はなく、火の気もない道場は、深々と冷え切っていましたが、そのぶんだけ清逸な空気で満たされていました。

待つほどもなく帰ってきたあなたは、袴を着け、襷《たすき》をかけて鉢巻をつけた、きりりとした出で立ち。柄が五尺三寸はあろうかという薙刀を手にしていました。それでも、私と向かい合うその足取りは、勇ましいものとはとても言えませんでした。

「手加減御無用！」

「八重様も」

応じる声にも、まったく気迫は感じられません。

しかし、互いに礼をして相中段に構えた刹那、あなたの切れ長の目に鋭い光が差しました。

私は咄嗟に前進して面を打った。と、あなたは、薙刀を繰り込んで物打で受ける。下がりつつ石突ですねを受ける。斜め左後ろに抜いて、八双の構え。

しなやかでいながら、寸分の迷いもない見事な身体さばきでした。

風を斬る音が、矢継ぎ早に響いていました。私たちは、どちらも「参りました」とは言わず、薙刀を振るい続けていました。二人とも、次第に息は切れ、真冬だというのに鉢巻が汗に濡れていきました。

そうして、どれほど経ったことでしょう。互いに上段に構えた次の瞬間、私たちはどちらからともなく小さく笑い出していたのですよね。

「お見それいたしました」

私が素直に頭を下げると、あなたは、はらりと鉢巻を解きました。

「私のほうこそ。久々に心地好い汗をかかせていただきまして、ありがとう存じます」

そう言って頭を下げ返したあなたの顔は、元の柔和な面持ちに戻っていました。

この人は、金箔つきの手練《てだれ》だ。

私は、心底から舌を巻く思いだったのですよ。

あの後、あなたが淹れてくれた熱い焙じ茶の美味しかったことといったら。まさに甘露でした。

「かようなところまで、わざわざお訪ねくださり、本当に嬉しゅうございました」

「また、お邪魔してもよろしいですか」

私がちょっと顔を覗き込むと、あなたは満面の笑みでうなずいてくれましたね。その笑顔に、私も思わずにっこり笑っていました。

帰り道を辿る足取りはいっそう軽やかで、胸もまた、来るときよりもさらに高鳴っていたのをはっきりと憶えています。

ずっと探していた人をようやく見つけた。

そんな心持でした。

何の気なしに見渡すと、あたり一面は雪に覆われていました。越後街道と下野《しもつけ》街道の脇街道にある宿場町とはいいながら、ちょっと通りをはずれれば、坂下は、田畑が広がる田舎です。掘割には無数の鯉が泳ぎ、人々がひっきりなしに行きかう郭内の屋敷町とは大違いの侘しさに、ついため息がこぼれ出ました。養父である赤岡様の御都合とはいえ、あなたほどの人が、こんな雪深い鄙《ひな》の里に住まわねばならないのが、もったいなくてなりませんでした。

それからの私は、折を見て坂下へと赴くようになりました。あなたと道場で一汗かいた後には、お互いが好きな書物や詩歌についてとりとめのない話をしたり、あなたに江戸の三大祭のにぎにぎしさや両国の川開きのときの花火の美しさ、八朔《はっさく》に諸大名が白《しろ》帷子《かたびら》を着けて江戸城に登城する様の厳かさなどを教えてもらったり、楽しい時間を過ごさせてもらいました。

あれは、待ちに待った春が来て、木々が芽吹き始めた頃でした。

「木の花は、濃きも薄きも紅梅」

私が枕草子の一節を誦《しょう》すると、

「園に匂へる紅の、色に取られて香りなむ。白き梅には劣れるといふめるを、いとかしこくとり並べても咲きけるかな」

あなたは、源氏物語の紅梅で応じてくれたのですよね。

「竹子さんは、さながら若君が匂宮に差し上げた紅梅ね。色に負けず、香り高く咲いている紅梅」

「まあ、お恥ずかしい。ですけど、嬉しいです。私が紅梅だとしたら、八重さんは、ほととぎすのよすが、橘です」

「ほととぎすのよすが……私が、橘……」

「ええ。白い花の凜とした佇《たたず》まい。清々しい香り。八重さんを花にたとえるとなると、橘しか思い浮かびません。ただ、八重咲きの橘というのがないのが、はなはだ残念ですけれど」

そう言ったあなたの面持ちは、大真面目なものでした。

私が、橘。

胸の中で繰り返すと、頬がぽっと熱くなりました。

この際ですから本音を明かしましょう。

私はそのときまで、自分が花にたとえられるなどとは、まるで思ってもみなかったのです。いつかお話ししたように、子供の時分から身体が大きかった私は、十三歳のときには四斗俵の米を自在に四回も肩に上げ下げしたり、石投げなども男子なみにやっていたくらいでした。運動神経には自信があり、力優りでもありましたが、そのぶん、容貌には少なからぬ引け目がありました。ぽっちゃりした丸顔に、垂れた小さな目と団子っ鼻。短い首にごつい身体つき。ふくよかな女の子というよりは、太りじしの餓鬼大将といった見てくれでした。それだけに、世間の人が「どこそこの家の娘はたいそう可愛らしい」とか「見目麗しいおなごは値千金だ」などと言い合っているのを耳にするにつけ、子供ながらに心が波立ったものです。

それでも、ねじくれないでいられたのは、兄・覚馬のおかげでした。藩校日新館に上がって間もなくから秀才の名をほしいままにした自慢の兄で、十七歳も離れているために、私にとっては物心ついたときからの師であり、常に私を大きく包み込んでくれたかけがえのない人です。

「見てくれでおなごの値打ちを決めるような輩は、品性が下劣なのだ。お前は、さような下らぬ世俗に振り回されず、男子に負けぬ教養と強き信念を身につけよ。さすれば、おのずと魂は鍛えられ、お前を内側から輝かせてくれるわ」

兄は、まだ幼かった私に始終そんな言葉をかけてくれました。稚児髷《ちごまげ》を奴島田《やっこしまだ》に結い替える年頃になっても、私が紅ひとつ差さずに、庭で銃撃の稽古をしていたり、座敷で日本政記などを読みふけっていると「お、いよよ輝く、だな」と、にっこり笑ってくれたものでした。

上辺だけ磨いても虚しいだけだ。兄上がおっしゃるように内側から輝かなければ、薄っぺらな人間になってしまう。

そう自分に言い聞かせてきた私は、あなたに橘にたとえてもらって、内側からの輝きを認められた気がしたのです。あのときは、本当に嬉しかった。

赤岡家の家計を助けるのに忙しかったあなたも、秋風の立つ頃には、暇を盗んで米代《よねだい》四之丁《しのちょう》の我が家を訪ねて来てくれましたね。ゲーベル銃で射撃の実演をして見せた私に、あなたが息を詰めて目を丸くしていたのも、今となっては、胸が張り裂けるほど懐かしい思い出です。

今となっては……そう、今となっては、あの年（慶応二年）こそが大きな曲がり角だったのだと思われます。一月末、公武合体を唱える我が藩と手を携えて長州と闘った薩摩が、こともあろうに長州と同盟を結びました。六月には幕府と長州との戦が始まり、そのさ中の七月に将軍家茂《いえもち》公が薨去《こうきょ》。第二次長州征伐は、表向き休戦となったものの、実際には幕府の敗北に終わりました。十五代将軍の就任を頑なに拒まれていたという徳川慶喜《よしのぶ》公が、十二月になってようやくその座にお就きになったのも束の間、慶応二年も残すところわずか数日というところで、孝明天皇が崩御されたのでした。

また、世直しを叫ぶ打ちこわしや百姓一揆は、大坂や江戸から各地に飛び火して、一向に鎮まる気配もありませんでした。幕府に対して溜まりに溜まった民草の鬱憤《うっぷん》が、野火のごとくに燃え広がっていたのですね。

太くて堅牢な帯のように連綿と続いてきた時代というものが、大きな曲がり角に差し掛かっていた。そのことを、私は、そしてたぶんあなたも、あの頃はまだしかと受け止めきれていませんでした。

私の問いかけにあなたの返答が少し遅れたり、ふとした拍子に憂いの色があなたの顔をよぎるようになったのは、明くる年の春先くらいからです。

「何か悩み事がおありなら、遠慮なく打明けてくださいね」

私がそう言うと、あなたはちょっと目を潤ませて小さくうなずきました。けれど、なかなか胸のうちを明かそうとはしなかった。

無理に訊き出すのもいかがなものか。

あなたの心を煩わせているものが気にかかりながらも、私は機が熟するのをじっと待っていました。

慶喜公が兵庫開港の勅許をいただいた。幕府が盤石であることを見せつけるため、慶喜公は、帝に上奏する前に独断で英米仏蘭の四か国の公使に兵庫の開港を明言してしまっていたゆえ、何が何でも勅許を頂戴せねば、危ういお立場となったことだろう。

そんな報が会津に届いた五月の末に、あなたは私のところにやって来ました。

「私自身の気持が定まりませず、八重様にはお耳汚しかと存じまして切り出しかねておりましたが、どうにも持ち重りするこの思いをお聞きいただきたく罷り越しました」

「お耳汚しなどとは水臭い。怒りますよ」

私はわざとあなたを睨んでみせました。

「申し訳ございません」

あなたは畳に手を突いて、その手の甲に吐息をこぼしました。

「実は、赤岡の義父《ちち》から、義父の甥にあたる方との縁談を勧められているのです」

「意に染まぬお話なのですね」

訊ねるまでもないと知りつつも、やはり確かめずにいられませんでした。

「赤岡の家には実子がおりませぬゆえ、いずれは婿養子を迎えて家督を継がねばならぬと思うておりましたけれど」

「お相手の方に会われたことはあるのですか。その上で、乗り気になれぬと」

「ええ。悪い人ではないと重々わかっております。それでも、どうしても気が進まぬのです」

「どなたかほかに、意中の人がおられるとか」

「まさか、そのような方はおりませぬ。ただ……」

ふいに言葉を切ったあなたは、つと顔を上げて私を真っ直ぐに見つめました。

「八重様は、繁之助様を婿養子に迎えられるとき、いかがでしたか。いささかの迷いもおありになりませんでしたか」

「そうですねえ。まったく迷いがなかったと言えば、嘘になるでしょうね」

「では、なぜ御決心なさったのですか」

ひたむきなまなざしが、眉間のあたりに注がれていました。このまなざしを裏切ってはいけない、と強く思いました。

「兵庫の港も開かれるそうですから、私も、あなたには心の奥底まで開くことにいたしましょう」

自分自身に言い聞かせるようにつぶやいて、あなたに向き直りました。

「我が夫、繁之助殿は但馬《たじま》出石《いずし》藩の藩医の息子に生まれ、江戸で蘭学と舎密《せいみ》術を修めた後に、日新館の蘭学所で教授を務めていた、私の兄を頼って会津に来たのです。兄は繁之助殿の才を高く買って藩に薦め、いったんは四人扶持の教授と決まりました。ところが繁之助殿は、不肖にして人の師たるに足らず、と辞退します。兄にすれば面目をつぶされたようなものですが、むしろ、近頃まれにみる高潔な人物だと感激し、たびたび繁之助殿を我が家に連れてくるようになりました」

私はそっと目を閉じて、小さく息を吐きました。そうすると、心の底で縺《もつ》れて固まっていた糸束のようなものが、少しずつほぐれていく気がしました。

「ともすれば人をすくい上げるような目で見る繁之助殿の目つきに、私は喉の奥がざらつくような感じを覚えていました。されど、兄のみならず父も母も、繁之助殿をたいそう気に入った様子で、彼が訪れるたびに下にも置かぬもてなしをしておりました。そして三年前の元治元（一八六四）年、兄は、京都守護職に就かれているお殿様の命を受けて、京都番の藩士たちに洋式兵学を教える傍ら諸藩と応対すべく、京へ上る運びとなります。繁之助殿を私の婿養子にという話は、そのときに持ち上がったのでした」

「あの……御無礼ながら、御嫡男でいらっしゃる兄上様がおいでになるにもかかわらず、繁之助様を婿養子にお迎えになるのは、ちと面妖なお話かと」

「世間にまったく例のないことではないでしょうが、確かに珍しいかもしれませんね。弟の三郎はまだ若年でしたし、父は、兄に後顧の憂えなく藩に尽くせるよう、計らったのでしょう。つまり、兄に代わって山本家を支える大人の男が必要だった。兄に思う存分羽ばたいてもらいたい、という気持は私も一緒でした。それで、繁之助殿との縁談を承諾してしまったようなものです」

「八重様は今、お幸せですか」

　相変わらずひたむきなあなたのまなざしが、私の心の底でほぐれ始めた糸束のようなものを、まるで目打のようにするするとほどいていきました。

「竹子さん。私ね、繁之助殿の妻となってからしばらくして、彼に訊いたことがあるのです。なぜ、日新館の教授の職を辞退なさったのですか、惜しいとは思われなかったのですか、と。そうしたら、繁之助殿は、あの目つきをして苦笑いを浮かべました。そして、あれは誤算だった、と。本当は、辞退すると見せかけて、禄を吊り上げる目論見だったそうなのです。やはり、と思いました。この人には、そういうこざかしいところがある、と。しかしながら、私はそのこざかしさに助けられているのも事実です」

「と、おっしゃいますと」

「繁之助殿は、父や母の手前、決して私に強いことは申しません。おかげで、世の奥方たちと違って、私はまるで独り身のように、わりと気ままに出歩いたりもできるのです。また、繁之助殿と同じく婿養子である父が、同志に対するように繁之助殿に接すると、繁之助殿は、微妙な匙加減で父よりほんの少し出来の悪い婿養子の役を演じます。そのことが、我が家の光であった兄が京へ上ったきりである今、家うちに平安をもたらしてくれているのですよ」

「では、八重様は繁之助様を慕わしく思っていらっしゃるのですか」

しなやかでいながら鋭く斬り込んでくるのは、薙刀と同じでしたね。

「そう訊かれれば、うなずくことはできません。夫婦の情愛というようなものも、いまだにわからないですし。ただ、繁之助殿は学問好きなだけに、銃撃術や大砲術の研究にも熱心で、それらに関する洋書を翻訳しては私にも教えてくれたりします。その点だけは、得難いものと思っております」

「何やら、朋輩のような」

「なるほど。繁之助殿と私は、夫婦というより、まさに朋輩ですね」

噛みしめるように言うと、肩のあたりがふうっと軽くなりました。

「世の中のほとんどのおなごは、どれほど意に染まなくても、親の勧める相手と一緒になるでしょう。それが普通ですものね。けれど、竹子さん。私やあなたには、無理なことだと思うのです。どんなに小さな一点でも、相手を許せる何かがあれば救われますが、それがなければ、心の核のようなものが冷え固まって、たちどころに相手を撥ね付けてしまう。我知らずのうちに、心が鎧《よろい》を着けてしまう。私たちは、そういう厄介なものを抱えている者同士なのではないかしら」

私の言葉にじっと耳を傾けていたあなたは、はっとしたような目をこちらに向けました。私たちは、しばらくそのまま見つめ合っていたのでしたね。

そう。あなたと私は、厄介なものを抱えている同士。良く言えば一途なのかもしれませんが、悪く言うと不器用で、頑固で。頭では、流れに身を任せれば楽だし、周りを傷つけたりせずに済む、とわかっているのに、自分の芯を寸毫たりともゆるがせにできない。どんなに損をしても、自分自身や、ときには周りの人を傷つけるかもしれないと知っていても、自分が信じる道をひたすら真っ直ぐ歩かずにはいられない。私たちは、そんな生き方しかできない二人だったのです。

「赤岡様の甥御さんには、ありますか。あなたが許せる何かが、いつかは見つかりそうですか」

私が訊くと、あなたは睨むように虚空を見据えました。その目は、硝子玉《ビードロだま》のようでした。

「……今一度、じっくり考えてみます」

そう言ったけれど、あなたの答えは、あのときすでに決まっていたはずです。あなたにそんな言葉を口にさせたのは、赤岡様への義理と孝行心だったのでしょう。

あなたは、形の良い眉を曇らせたまま帰っていきました。

私は、だんだん小さくなっていくあなたの後姿を門前で見送りながら「しっかり、しっかり」と心に念じておりました。やがて、あなたの背中が見えなくなり、屋敷の門をくぐった途端、私は、はっと足を止めました。

これまで、夫がいるとは話してあったものの、あなたに繁之助殿のことを詳しく語ったためしはありません。それは、独り身のあなたを気遣ったからではなく、ただ単に、あなたと一緒にいるとほかの話をするのに忙しくて、繁之助殿のことなど頭をかすめもしなかったからなのでした。

決して軽んじているつもりはないけれど、私にとって夫とは、それほど影の薄い人だったのだ。

私はそのとき、そう気づきました。

そして、それまで力づくで蓋をしてきたものが、一気に噴き出しそうになっているのがわかりました。

繁之助殿を山本家に迎えてからその日まで、兄上とは違って繁之助殿の御考えはどうも浅薄だとか、兄上のように落ち着いた立ち居振る舞いを見せてくれれば良いものをなどと、何かにつけてそういう思いが胸をよぎったものです。そのたびに、生まれてこの方ずっと尊敬し慕い続けてきた兄上と比べては、繁之助殿のほうが分が悪いに決まっている、と私は自分を戒めてきました。それはほとんど習い性となっていました。そこには、夫に対する不満というような強い感情はありませんでした。強いていうなら、静かな諦め、あるいは淡い憐みに似たものだったように思います。

諦めや憐みに似たものしか抱けない人を夫と呼び続けるのか。

心の底に、烈しい声が響きました。

私は、灰色の雲が低く垂れこめた空を見上げました。今にも雨粒が落ちてきそうな梅雨空でした。

竹子さんに言った通り、繁之助殿とは、夫婦というより朋輩ですもの。兄上に代わって、曲りなりにも山本家を支えてくれれば、それで充分。

心の底の声にひっそりと返して、私は屋敷うちに戻ったのでした。

梅雨が明け、盆地の会津に蒸し暑い夏がやって来ました。その夏は、ことのほかむしむしと暑苦しく、かまびすしい蝉の声さえ籠って聞こえたものです。

あなたを急かしてはいけないと、私は坂下に行くのを控えていました。心が決まれば、あなたのほうからそれを伝えに来てくれると信じていました。

ただ、それでも時おり蝉の声が無性に癇に障って。そういうときは、庭に飛び出して射撃の稽古をしました。銃を撃っている間は、その音に驚いて鳴き止むのに、私がこめかみや首筋を伝う汗を拭い始めると、また一斉に鳴き声を上げる。蝉のそんなこざかしさが、繁之助殿のそれと重なって、苛立たしいような妙に可笑しいような不思議な気分になりました。

やけに長い夏でした。

久しく途絶えていた兄からの書状が届いたのは、八月も半ばを過ぎた頃です。兄は京へ発って以来、大半の藩士が交代で京へ上り会津へ帰って来るのと異なり、殿様のお側《そば》近くに仕える梶原平馬様たちと同じく、一度も会津に戻ってきておりませんでした。

書状には、家族を案じる言葉に続いて「此所《このところ》の京は一見平穏に御座候」とあるものの、新しい帝の即位による御赦免で朝廷に返り咲いた岩倉具視《いわくらともみ》卿が、日増しに力をつけてきていることや、京都守護職預かりであった新撰組が幕府直参となり、西本願寺から不動堂村の新しい屯所に移ったこと、幼少の頃から剛情公と称された将軍慶喜公は、御自分の才を強く恃《たの》むところがおありで、往々にして島津久光公、松平春嶽公、山内容堂公、伊達宗城《だてむねなり》公の四賢候とも対立されていることなどが認《したた》められておりました。

また、前年は「世直し」だったが、今年は尾張名古屋藩あたりで、大勢の人々が「ええじゃないか、ええじゃないか」と叫びながら、夜となく昼となく市中を練り歩き、商家や地主の屋敷に上がり込んでは食べ物や酒や金子《きんす》をねだり取っているというのです。兄は「世直し」同様に「ええじゃないか」も、大坂や江戸など各地に広がるものと推測しておりました。

ええじゃないかなる騒動、会津までは飛散すまじと考えおり候。されど、何《いず》れも様におかれては、世情を鑑み、用心おさおさ怠りなきよう精励されたし。

そう結ばれているのがいかにも兄らしく、懐かしさで胸がいっぱいになりました。けれど「此所の京は一見平穏に御座候」というのは、いわば嵐の前の静けさなのだろうと、背筋がちょっと寒くなったものです。

よほどの多忙の合間を縫って記したのか、その筆跡は兄らしくもなく、ところどころ乱れておりました。

私が読み上げる兄からの書状に、父も母も兄嫁の宇良《うら》殿も、繁之助殿や弟の三郎や、兄と宇良殿の一人娘の峰《みね》も、固唾《かたず》を呑んで聞き入っていました。書状を元の通りに巻き戻して顔を上げると、父と三郎は眉間に皺を刻んでおり、母は久方ぶりの便りに安堵したのか、目元を赤く染めておりました。

「父上は、いつお帰りになるのでしょう」

峰が宇良殿を振り向きました。しかし、宇良殿はゆらりと視線をさまよわせるだけで、口を開こうとはしません。

「父上にお会いしとうございます」

峰はこのとき、たった六歳。

三歳で父親と別れてから三年あまりも会わずにおれば、その面影など憶えていようはずもない。峰は、家族が誇らしげに兄上のことを語るのをよすがに、淋しさに耐えているのだろう。

そんなふうに思えば、峰が不憫でなりませんでした。けれど、子供相手だからとはいえ、適当にあしらうのは私の性に合いません。

「甘えたことを申してはなりませぬ」

ぴしりと言うと、峰が目尻を引きつらせて私を振り返り、宇良殿が肩先を強張らせました。

「お前の父上は、帝および朝廷をお護り申し上げる職にいらっしゃる殿様をお支えせんがため、長らく京に留まっておられるのです。京が安寧秩序を取り戻さねば、お帰りになれるはずもない。お前とて、いやしくも武家の娘であるからには、やくたいもない泣き言をこぼす前に、日々命懸けで学問と武芸に精進しなされ」

「……はい、叔母上」

「お前が精進を重ねておれば、御帰還の暁に父上は必ずや喜んでくださいますぞ」

「相わかりました」

素直に頭を下げてから、にっこり笑いかけてくるのが、無性にいじらしかった。この愛らしい笑顔を兄上にもお見せしたい、と痛いほどに思いました。

ふと見れば、宇良殿は何やらけだるげにうつむいておりました。

「義姉上《あね》、どこぞ御加減でも悪いのですか」

「え……いえ、覚馬殿が息災でおられると知れて、ちと気が抜けたのやもしれませぬ」

淡い微笑みが、取り繕われたものに映りました。

兄からの書状には、宇良殿と繁之助殿と私と三郎の名を列記して、拙者に成り代わりて父上母上にくれぐれも孝養を尽くされたく、とあったものの、宇良殿に対する特別な言葉もなければ、別便もありませんでした。

もしや私たちと一くくりにされたのが面白くないのだろうか。兄上の御用繁多は先刻御承知のはずなのに。

宇良殿の薄ぼんやりした横顔に目をやったとき、三郎が小さな咳払いを洩らしました。

「岩倉卿が力をつけてきたとは、不穏なものを感じまするな」

「さよう。畏れながら、帝は御年十六の若齢にして、公卿きっての策謀家といわれる岩倉卿にかかれば、帝御自身もお気づきにならぬうちに、巧みに操られておしまいになる危惧もあろう。岩倉卿は、奈良、平安の昔のごとく朝廷が政を執り行うべし、と唱えておると耳にした。あまつさえ、岩倉卿と長州や薩摩が気脈を通ずる運びとなっては、幕府はさらに苦杯を嘗めさせられようぞ」

父が眉間の皺を深くしました。

「返す返すも口惜しきは、薩摩の寝返りにござる。よりによって永年にわたり犬猿の仲であった長州と手を結ぼうとは。土佐脱藩浪士の坂本龍馬と中岡慎太郎なる者が、薩摩と長州の仲立ちをしたと聞き申したが、まことに余計な真似をしてくれたものじゃ。いや、いかにお節介な輩に焚き付けられようとも、薩摩が、義や道理の何たるかをわきまえておれば、かような仕儀とはなり申さなんだに違いござらん」

憤懣やる方ないといった三郎の様子に、私も、はらわたがくつくつと煮え立つのを覚えました。

あなたもむろんそうでしたでしょうが、私たち会津藩士の子弟は、親の地位の区別なく、子供時分に什《じゅう》の掟を叩き込まれます。

一、年長者の言うことに背いてはなりませぬ

二、年長者にはお辞儀をしなければなりませぬ

三、虚言《うそ》をいう事はなりませぬ
四、卑怯な振舞をしてはなりませぬ
五、弱い者をいじめてはなりませぬ
六、戸外で物を食べてはなりませぬ
七、戸外で婦人《おんな》と言葉を交えてはなりませぬ

この七つの掟のそのあとは「ならぬことはならぬものです」と締めくくられます。あくまでも義を重んじ、道理を貫く。それが骨身に沁みついているからこそ、私たちは当初、薩摩の寝返りがまったく信じられず、やはり事実なのだとわかってからは、烈しい怒りに身を震わせるしかすべがなかったのかもしれません。

父が母が三郎が、宇良殿も峰までも、唇を噛みしめておりました。繁之助殿だけが、手持無沙汰なような顔をしていると見えたのは、私の思い過ごしだったでしょうか。ふと気がつくと、蜩《ひぐらし》が庭で「かなかな」と物悲しい声を上げていました。

その日、我が家の茶室には、茶筅《ちゃせん》の音だけが規則正しく響いていました。正客の座に一人端座したあなたは、じっとその音に耳を澄ませていましたね。そう。あれは昨年のちょうど今時期です。

私があなたを真っ直ぐ茶室に案内したのは、もともと面長だったあなたの顔が、顎が

尖って見えるほどやつれていて、養父・赤岡様への気遣いと御自身の本心との板挟みで苦しみ抜いていたことをそのまま表していたからでした。

無心で茶を点《た》て、本郷焼の茶碗をそっと差し出すと、あなたは見惚れるほど美しい所作でそれを服しました。懐紙で茶碗の縁を拭う横顔に、ゆっくりと生気が戻っていくようでした。

「結構なお点前でございました」

静かに茶碗を返すあなたの唇が、かすかにほころびました。

「八重様。私、たった今決めました。婿養子の件は、お断りすることにいたします」

あなたの言葉に、私は「えっ、まだ決めかねていたの」と訊き返しそうになるのをかろうじて堪えました。

「心をお決めになったのなら、できるだけ早く赤岡様にお伝えするほうが望ましいでしょうね。でなければ、気まずい日々を重ねるだけよ」

「実は、すでに気まずいのです。義父《ちち》も、私の返事を催促しようとしては、途中で口をつぐんだりしておりまして」

竹子さんの気色を見ればおのずと知れるでしょうに、赤岡様もむごいお方だこと。

思わず茶碗を濯《すす》ぐ手が止まりました。

「年長者の言うことに背いてはなりませぬ、という什の掟の一番目に反することになるかと、ずいぶん悩みもしました。けれど、意に染まぬ御方と添うのは、自分に虚言をつき、卑怯な振舞をすることにつながります。延《ひ》いては、いずれ義父を悲しませる破目になるものと。やはり、ならぬことはならぬものです、なのです」

江戸育ちとはいえ、あなたは、紛れもなく生粋の会津人でした。

茶碗を濯ぎながら顔を上げると、あなたの目が少しまぶしげに細められました。

「縁談をお断りして、赤岡様がお怒りになるようなら、我が家へいらっしゃいな。ここに寄宿しながら、竹子さんは藩士の娘さんたちに薙刀を教えるの。その中で望む子がいれば、私は銃撃術を教えます。時には二人で四書五経を教えたり、枕草子や源氏物語を読み聞かせたり。私たちだったらきっと、日新館とはまた違った、のびのびとした空気で子供たちを包んであげられます」

「本当に。小さいけれど、ほかにはない独創的な女子塾になりますね。そのようなことができたら、どんなに楽しいでしょう」

「あら、これは決して夢物語ではありませんよ。私たちがその気になりさえすれば、明日にでもできますよ」

茶碗を拭いた私は、ちょっと胸を張りました。

「しっかりと自分の意見を持ち、どんな場面でも自分の考えをきちんと口にできる。そんな人間を育てる塾を、私と竹子さんとで、いつか必ず開きましょう」

「では、塾の名前を考えませんと」

「どのような名が良いかしら」

私たちは、互いに小さく首を傾けました。

「ほととぎすのよすが、橘の八重様にちなんで、橘塾というのはいかがですか」

「橘塾……橘塾。素敵ですねえ。新しい時代を切り拓いていく人材を育み、やがて大きく羽ばたいていく女子塾にふさわしい名前だわ。絶対に、橘塾を開きましょうよ」

「ええ。きっと、そういたしましょう」

微笑み交わしてうなずき合った、あのときの胸の高鳴りは、今でも忘れられません。

「それにしても……実践、実行、果敢に断行。八重様とお話しさせていただいておりますと、いつもそのような語句が頭に浮かびます。八重様は、まことにお強い方なのでございますね」

「いいえ。それは、竹子さんの買い被りというもの。私は、本当はとても弱い人間なのです。自分が弱いと知っているがために、強くありたいと常に願っているに過ぎませんん」

私の言葉に、あなたはしばらくまばたきを繰り返していました。やがて、目尻が下がり、口元がほころび、あなたの顔には春の陽だまりのような微笑みが広がっていったのです。

「何やら私、ほっといたしました。私も、これからは八重様を見習って、強くありたいと常に願うようにいたします」

「念ずれば通ず、です。清水の観音を念じ奉りても、すべなく思ひ惑ふ、などというのは、物語の中だけに留めておいてもらいましょう」

「夕顔ですね」

あなたは打てば響くように応えました。その阿吽《あうん》の呼吸に、私の胸は、さらにときめきます。

「もっとも、今の季節なら夕顔ではなく、竹子さんが一番お好きだという紅葉賀《もみじのが》のほうがふさわしいでしょうけれど。……かざしの紅葉いたう散り透きて、顔のにほひにけおされたる心地すれば」

諳《そら》んずる私と一緒にあなたも「御前なる菊を折りて、左大将さし替へたまふ」と続けてくれました。

窓から差し込む柔らかな晩秋の陽差しが、私たちを優しく包み、床の間の香炉が、清々しくも優しい真那伽《まなか》の香りを漂わせていました。

「それにつけても、このときの源氏の君のお気持は、いかばかりだったかと思えば、私までせつなくなってまいります」

「もの思ふに立ち舞ふべくもあらぬ身の 袖うち振りし心知りきや そう詠まれたくら

いですものね」

私たち二人の口ぶりは、あたかも実在した人を語るようなものでした。

ああ。いつまでもこういう話をしていたい。

しみじみとそう思ったとき、急いで廊下をやって来る足音が聞こえてきました。

「姉上、姉上ッ」

「なんですか。騒々しい」

襖を開けると、そこにはすでに、登城した姿のままの三郎がいました。あなたに気づいた三郎の頰が、ぱっと染まりました。

「これは、御無礼申しました」

「お初にお目にかかります。赤岡竹子にございます。姉上様には、ひとかたならぬお世話になっておりまして、御礼の言葉もございません」

あなたの丁寧な挨拶に、三郎はますます顔を赤らめました。

「や、山本三郎にございます。あなた様のことは、かねがね、姉から伺っておりました。お邪魔をいたしてしまい、恐縮です」

「せっかくですから、三郎、あなたも一服いかが」

「いえ。拙者は、これにて御免仕ります」

赤らんだ顔が少し強張っていました。

「何か話があったのではないの」

「それは、また後ほど。では」

がばと頭を下げるなり、三郎は廊下を戻っていきました。

「おかしな人。いつもはもっと落ち着いているのに、ごめんなさいね」

「いいえ、ご立派な弟君で。いかにも、凜々しい若武者といった風情ではございませんか」

あなたはおっとりと言って居ずまいを正しました。

「すっかり長居をしてしまいました。私、そろそろお暇《いとま》いたします」

「そうですか」

あなたともっと源氏物語の話などをしていたかったのですが、正直なところ、三郎の様子がひどく気になっていて、私は、形ばかりでも引き留めることさえ思いつきませんでした。

「例の件、赤岡様がお怒りの節は御遠慮なく」

「はい。八重様のお心遣いに甘えて家出してくるかもしれません。その際には、何とぞよろしくお願い申し上げます」

そんな言葉と吹っ切れたような笑顔を残して、あなたは坂下に帰っていきました。

あなたの後姿には、しっかと芯の通った凜とした気配が漂っていました。

そして、芯の通った人がもう一人。そうです。三郎です。

あなたを見送った足で三郎の部屋に行くと、三郎は着替えもせずに文机に向かって墨を磨《す》っておりました。ほんの半日しか違わぬのに、私を振り返ったその顔は、今朝登城するときよりも、ずいぶん思慮深いものに見えました。

「御客人はもうお帰りになったのですか。もしや、拙者に気兼ねなさって」

「いいえ。本題は終わっていたのです。日脚も短くなりましたし、頃合いといえば頃合いでした。それより、いったい何があったのですか」

三郎が静かに墨を置いて、こちらに向き直りました。

「本日、上洛の命が下りました。今、兄上にその旨をお伝えする書状を認めんとしておったところにて」

「ついに、あなたにも」

「はい。兄上同様、殿の股肱《ここう》の臣となりて働かせていただくべく、刻苦精励する所存にござる」

「まあ。これは頼もしいこと」

笑みを浮かべたものの、私は内心、三郎まで京へ上ってしまっては我が家はどれほど淋しくなるだろう、と思っていました。けれど、そのようなことはおくびにも出すわけにまいりません。

「これまで体得したすべてをいかんなく発揮しなされ。さすれば、必ずや殿様の股肱の臣となれましょう」

「承知仕った。朗報を楽しみにお待ちくだされ」

背筋を伸ばした三郎が、一回り大きく見えました。

「上洛前に、竹子さんをお引合わせできて良かった。見るからに聡明な方でしょう。内側から光り輝いている感じで」

「……ますます輝いておられましたな」

「えっ。今日初めてお会いしたのではないの」

三郎がぽつりと洩らした言葉に、私は驚きを隠せませんでした。

「江戸へ遊学した際に、幾度かお見かけし申した。竹子殿と妹御の優子殿は、江戸詰の藩士たちに、小野小町や紫式部に優るとも劣らないほどの美貌だと称えられておりました。竹子殿は齢五歳にして小倉百人一首をすべて諳んじ、肩上げも下りないうちから、書の道や敷島の道にも秀でた才を見せたそうです」

「ずいぶんお詳しいこと」

何気なく言うと、三郎は最前と同じくぱっと頬を染めました。

「これまで、私が何度も竹子さんの御名前を出していたのに、そんな話は一言も口にしなかったではありませんか」

「忘れておったのですよ」

違う、と思いました。それが証拠に、三郎の目はちろちろと揺れておりましたし、あなたと言葉を交わしたときも、少しばかりしどろもどろになっていましたから。

三郎は、きっとあなたに淡い思いを抱いていたのでしょう。

私に比べれば、内気な性分の弟です。江戸であなたを見初めたところで、挨拶の声をかけることさえできずに、思いを胸に秘めたまま会津に戻ってきた。おそらくは、二度と会えぬと諦めて。けれど、思いがけなく、あなたは浪士となった赤岡様と共に坂下に移り住まれた。さらに、あなたの消息をしばしば私から聞かされるようになる。三郎が、どんな気持ちで私の話に耳を傾けていたのかと思うと、私まで胸がどきどきしてきました。

「竹子さんはね、源氏物語の中でも、とりわけ紅葉賀の帖がお好きなのですって」

「さようですか」

気のない声音で返してきたのは、源氏物語などおなごの読むものと決めつけているためではなく、ただの照れ隠しだったに違いありません。

三郎は竹子さんの一つ下。一つ年上の女房は金の草鞋《わらじ》を履いてでも探せ、というし、それでなくても二人はお似合いだ。もしも、竹子さんが三郎の嫁になってくれて、義妹《いもうと》と呼べたら、これほど嬉しいことはない。

そんなことを考えて、ちょっとうっとりしておりますと、三郎が「いかがされました」と私を覗き込みました。

「あ、いえ。何でもありません。よろしければ、紅葉賀の帖を貸してあげましょうか」

「お気持だけで充分にござる」

三郎は何やらまぶしげに目をそらし、墨を取り直しました。

「兄上に書状を認めるのでしたね」

「上洛の暁には、是非ともお引合わせいただきたい方々がおりますし、あらかじめお願いしておくに越したことはないと存じまして」

一別以来三年。すっかり筋骨たくましくなり、大人らしくなった三郎をご覧になられたら、兄上はさぞかし喜ばれることだろう。

兄が喜ぶ様を思い描くだけで、私の胸はあたたかくなりました。

「今夜は私が腕を揮《ふる》って、あなたの大好物のこづゆを拵《こしら》えましょう」

「それはありがたい。兄上のぶんまで、たんといただきまする」

そう応えた笑顔は、私と一緒に木登りをしたり石投げをした子供時分のそれと違わぬものでした。

数日後、家族から兄に宛てた書状や土産の品を携えて、三郎は京へ発ちました。紋付羽織を身に着けたその姿は、姉の贔屓目を差し引いても、あなたが言ってくださった通り、凜々しい若武者といった風情でした。

三郎の背中がどんどん遠ざかり、やがて道の彼方に消えてもなお、私は無事を祈って見送り続けておりました。

そして、これが三郎との永久《とわ》の別れとなってしまったのでした。

二

徳川慶喜公が朝廷に大政を奉還された、との報がもたらされたのは、十月も末近くのことでした。

「二百六十五年も続いた幕府が、なくなってしまうということなのでございましょうか」

母が、震える声で父に訊ねました。

「慶喜公はおそらく、名を棄てて実を取らんと御英断を下されたのであろう。政を帝にお返し申し上げたとて、朝廷にせよ、諸侯にせよ、それを担う力はあらぬ。いずれ、政務は慶喜公に預けられるはず。また、これにて討幕派の機先を制することもできたのじゃ」

「それを伺って、いささか安堵いたしました」

母の言葉に、宇良殿と峰がゆるゆるとうなずきました。

「こたびの慶喜公の御英断は、やはり霊元天皇のお血筋のなせるわざでございましょうか」

「いかにもさようと心得る。畏れながら、家茂公や家定公では、かくなる奇策はお打ちになれなんだであろうよ」

私の問いに父が応えたところに、繁之助殿が膝を乗り出しました。

「その奇策にござるが」

気を持たせるようにみなを見渡してから、繁之助殿は咳払いを響かせます。

「拙者が洩れ聞きますには、幕府に大政奉還の建白書を提出したは、山内容堂公の命を受けた土佐藩参政の後藤象二郎殿なれど、そもそもその素案を練りて後藤殿に提示したは、坂本龍馬だそうにござる」

「坂本龍馬殿……薩摩と長州の仲立ちをした人でございますか」

「さよう。その坂本よ」

早耳自慢の繁之助殿が、鼻の穴を広げて私を振り向きました。

「なにゆえ、脱藩した浪士がそこまで。さような者の案を基に建白書を作るとは、土佐藩というのは人材に欠けるのか、よほど寛容なのか、いったいどちらなのでしょう」

「はて、どちらなのかはわかりかねるが、坂本は、ただの浪士にあらずして、交易などを行う海援隊なるものの隊長だそうな。薩摩や長州に顔が利くのみならず、松平春嶽公なども知己であるとのこと。後藤殿とて、坂本には一目置かざるを得ないのであろう」

「なるほど、さようでしたか」

そう応えはしたものの、私はどうにも腑に落ちない気分でした。

薩摩と長州に同盟を結ばせて、幕府を窮地に追い込んでおきながら、一方では、大政奉還という離れ業を使って、幕府が政の実権を握り続けられるように計らう。これは大いなる矛盾ではありませんか。

兄上なら、坂本龍馬殿のことを何とおっしゃるだろう。

少なくとも新撰組の土方《ひじかた》殿を評したように、さてもさても賢き御仁也、とは表さない気がしました。

公卿きっての策謀家にして討幕派の急先鋒といわれる、岩倉具視卿の動向が案じられましたが、のちに父の言葉通り、朝廷から庶政は慶喜公に委ねるとの沙汰が下されたのでした。

「討幕派が、このまま矛を収めてくれればよろしゅうござるが」

「いや。そう易々とは参るまい」

繁之助殿と父が日ごとそんなやりとりを繰り返す中、私は坂本殿のことばかり考え続けておりました。そして、私にしては珍しくさんざん迷った挙句、兄に書状を送ったのです。

兄の多忙を知りつつも、私は首が三寸ばかりも長くなる思いで日を過ごしました。霙《みぞれ》が窓を叩き、庭に霜柱が立ちました。待ちに待った返信を手にしたのは、初雪があたりを覆い尽くした日でした。

兄はまず、坂本殿と面識はないものの彼と親交のある方から知り得た事柄を記す、と前置きした上で、坂本殿が、もともとは土佐勤王党に属していた尊攘派だったこと、幕臣の勝海舟殿との出会いによって考えを改め、開国を認めるようになったこと、勝殿が神戸に設立した海軍操練所で塾頭を務めていたが、操練所が廃止されるや海援隊の前身である亀山社中を創立したことを書き連ね、「まことに頭の柔らかき男に候」と評していました。そして……。

後藤象二郎殿はかつて土佐勤王党を弾圧せし一人にて、坂本殿には仇敵なれども、坂本殿の船中八策を基に後藤殿が大政奉還建白書を練られるに至りしは、双方の利害が一致したものと存じおり候。また、備中鞆《とも》の浦沖にて海援隊雇船いろは丸と紀州和歌山藩船明光丸が衝突、いろは丸が沈没せし事件の交渉において、坂本殿は、万国公法を論拠に骨太なる論議を展開する傍ら、紀州を脅すかのごとき歌を流行らせて世論を動かすもの也。ある人は彼を大風呂敷と評し、ある人は百年に一人の逸材と評しおり候。凡夫たる拙者からすれば計り知れぬ器の男にて御座候。

読み進むにつれて、兄が坂本殿を高く買っているのがわかりました。

なお、坂本殿におかれては姉上の乙女殿に、からきし頭が上がらぬと聞き及び候。かかる仕儀は我が家の三郎と八重殿の在《あ》りようにそっくり也。

そう結ばれているのを読んで、私は思わずくすくす笑い出したものです。前回よりさらに乱れた筆跡の書状を何度も何度も読み返したのも束の間、それを追いかけるように早飛脚で次の書状が届きました。

坂本殿が中岡慎太郎殿とともに襲われ、命を落としたというのです。

兄は、刺客は見廻組との説もあるが、とのたくるような字で記し、詳細は判明次第お知らせする所存也、としめくくっておりました。

何かおかしい。何かがずれている。ずれた歯車のまま、大きく動き出そうとしている。

私は、矢も盾もたまらず、坂下のあなたのもとへ向かいました。

「いかがなされましたか。お顔の色がひどく悪うございますよ」

あなたは開口一番そう言いましたね。

私は、あなたの部屋に通されるなり、兄からの書状を見せました。それに目を通したあなたも、顔色を変えました。

「大変なことになったものでございますね。坂本殿の御名前は、ここまで訪ねて来てくれる義父《ちち》のかつての弟子たちから、聞かされておりましたけれど。坂本殿を襲ったのは、見廻組なのでしょうか」

「そこですよ。京都守護職の配下たる見廻組が動いたのなら、兄が知らぬはずがありません。だのに、この歯切れの悪い書きようはどうでしょう。私には、どうも奇妙に思えてならないのです」

「見廻組が動く、ということは、すなわち京都守護職であらせられる、我らが殿様が命を下した、と、そうなるのでございますよね」

あなたは、一語一句を刻むように言いました。

「この期に及んで、殿様が坂本殿を討たせる必要がおありだったと思いますか。確かに、坂本殿は幕府のお尋ね者。しかしながら、坂本殿は先の大政奉還の陰の立役者でもあるのです。それを我が夫の繁之助殿ですら小耳に挟んだというに、殿様が御存じないわけがありますまい」

「では、誰が坂本殿を」

「それは……」

食い入るように見つめられて、頭に上っていた血が、すうっと下りていく感じを覚えました。

「今は、まだ何とも言えないけれど。ただ、私が思うには、坂本殿は海軍操練所の塾頭を務めていらした時分に、勝海舟先生から多くのことを学ばれたでしょうし、亀山社中を設立されてからは長崎の外国人商人とも親交を結ばれて、その目を広い世界に向けられていた。薩摩と長州の仲立ちをなさったのも、船中八策を練られたのも、血で血を洗う争いを避け、日の本がひとつになって異国と真っ直ぐに向き合うべき、と考えられたからではないか。坂本殿のことを知れば知るほど、そのように思えてならないのです」

「もしかしたら、坂本殿は幕府にとって、太くて大きな突っ支い棒のような方だったのかもしれませんね」

「……その突っ支い棒が斃《たお》された」

私たちは昏《くら》い目を見合わせ、同時に深いため息をつきました。

雪が降り出す気配が伝わってきて、あなたが連子窓に顔を向けた瞬間、私はふいに大切なことを思い出しました。

「あれから、縁談はどうなりましたか」

「御心配をおかけしましたが、どうにか片が付きました」

重い疲れがにじむあなたの声音で、赤岡様に承服してもらうのに相当手こずったものと容易に察せられました。

「大丈夫ですか」

「ええ。義父《ちち》が私の身を案じてくれているのは、よくよく承知しておりますし」

「竹子さんは、本当にお優しいのね」

「そんな。我がままを通したのですから、立派な親不孝者にございます」

立派な、という言い方が自分でもおかしかったのか、あなたは微かな苦笑いを見せました。その表情に、私はどこか救われたような気がしたものです。

赤岡様には申し訳ないけれど、やはりあなたが三郎に嫁いでくれたら、と望まずにいられませんでした。

「今年も残り少なくなりましたね。来年こそは、心穏やかに過ごせる年になるとよろしゅうございますが」

「四海波静かにて、国も治まる時津風……という按配にね」

私はつい、高砂の一節を謡っていました。

新たに迎える年は平穏なものに。

叶わぬだろうと知りつつも、切実な願いでした。

慶応四年が明けてわずか三日、ついに戦いの火ぶたが切られました。

薩長方には錦の御旗とやらが授けられ、幕府方は、こともあろうに朝敵とされてしまったのです。

大君の義、一心大切に忠勤を存すべく、列国の例を以て自ら処すべからず。若《も》し二心を懐かば、即ち我が子孫に非ず、面々決して従うべからず。

この会津藩家訓《かきん》十五条の筆頭に掲げられている「他藩がどうあろうとも、会津藩主たるもの将軍家への忠勤を第一に尽くせ。これに背く者は子孫とは認めぬゆえ、家臣は従ってはならぬ」との戒めを誠実に守り、徳川家にひたすら尽くしてきた会津が。京都守護職に就かれる際も、松平春嶽公からの「徳川氏の信不信の相立ち、公武合体の有無は貴兄の断、不断にあり、小生泣いて申し上げ候」との書状を受けて、病床にありながらも京都守護職に就かれ、帝をお護り申し上げて来た我が殿が……朝敵。

これほどひどい汚名が、この世にあるでしょうか。会津は、長州と違って朝廷に火をかけたことはないのです。冤罪も甚だしいではありませんか。二代将軍秀忠公の御四男を藩祖に持つ会津藩が、このような憂目に会うとは、神君家康公とて泉下でさぞかし悲憤慷慨なさったことでしょう。

「裏切り者の薩摩と御所の門前を襲った長州が、自ら官軍を名乗るとは、士風の荒廃極まりなし」

私は凄まじい怒りと口惜しさに、噛みしめた奥歯が砕けそうでした。

鳥羽、伏見の戦では、数多くの会津藩兵が命を落としました。私の兄の覚馬、弟の三郎も、またしかり。兄は薩摩藩兵に捕らえられ、四条河原にて処刑されたそうですし、深手を負った三郎は、江戸へ引き上げる船の中で息絶えたとのことでした。何故、御所に火をかけた長州が官軍なのか。何故、不敬の長州と手を結んだ薩摩が官軍なのか。何故、会津が朝敵とされるのか。義を貫いた兄上や三郎をはじめ、多くの会津藩士が、何故あやつらに殺されねばならないのか。何故、何故、何故！

これを理不尽と呼ばずして、何と呼ぶのでしょう。

殿様が会津に戻られたのが二月二十二日。相前後して、殿様の義理の姉上にあたられる熙姫《てるひめ》様はじめ、重臣たちや藩士も続々と帰国し、我が家には三郎の形見の小袖と袴が届けられました。城外の御薬園に蟄居された殿様は「長きにわたり帝を守護してまいった我らが、よもや朝敵とされるとは」と洩らされたそうですが、会津人は誰しも同じ気持だったに違いありません。

長州が憎い。薩摩が憎い。憎くて、憎くてたまらない。

兄と三郎が、朝敵の汚名を着せられたまま彼《あ》の世に旅立ったと思うと、私は、はらわたが引きちぎられそうでした。すぐにも敵の元へ駆けつけて、兄と弟の仇を討ちたい気持でいっぱいでした。

薩長の奴らに、兄が受けたと同じ残虐な刑を処し、三郎が負ったよりも深い傷を与えて息絶えさせなければ、絶対に気が済みません。

必ずや仇を取って差し上げまする。

私は、兄や三郎の面影に固く誓ったものでした。

怒りと哀しみに塗り込められた春でしたが、たった一つだけ嬉しかったのは、あなたが赤岡家との養子縁組を解いて中野家に復籍され、江戸から引き揚げて来られたご家族とともに、田母《たも》神《がみ》兵庫様の邸内の書院に住まわれるようになったことでした。田母神様のお屋敷は、藩校日新館の斜め向かい、米代二ノ丁にあり、我が家とは目と鼻の先です。

「こたび私も八重様と同じく、朝に夕に鶴ヶ城の天守閣を仰いで過ごせる運びとなりましてございます」

「竹子さんと一緒に暮らせることになって、ご家族も安心なさったでしょう。これからは、あの五層の白亜の天守閣が、一日の始まりには朝陽を背負ってまぶしく輝きながら、日の入りには夕映えに染まりながら、竹子さんたちをしっかり見守ってくださいますよ」

あなたと私は、揃って東の方角を振り仰ぎました。

「ときに、竹子さんは江戸にいらした時分、熙姫様にお目通りしたことはおありですか」

上総《かずさ》飯野藩主・保《ほ》科正丕《しなまさもと》公の御三女としてお生まれになった熙姫様は、十一歳にして先代容敬《かたたか》公の御養女となり、十九歳の折に豊前中津藩主・奥平昌服《おくだいらまさもと》公に嫁がれますが、その四年後には婚家を去って江戸の会津藩邸に戻られました。熙姫様がお国入りされるのは、これが初めてです。けれど、私たち会津の女にとって、熙姫様は尊敬の念と憧れに彩られた大切なお方でした。

「残念ながら、私は拝謁《はいえつ》したことはございませんが、かつて赤岡の義父《ちち》が熙姫様の薙刀指南役を仰せつかっておりました。その話によりますと、熙姫様はたぐいまれなる美しいお方の上に、十代の頃より書道、茶道、華道、香道、礼法に優れた才をお見せになり、とりわけ和歌や琴、笛に通じていらっしゃるそうです。また、位の分け隔てなく家臣に情愛深く接せられ、殿様も熙姫様には一目も二目も置いていらっしゃるとのことにございます」

「殿様の御正室・敏姫様亡き後、熙姫様が会津藩の奥向きを支えていらした。熙姫様はそれだけの器をお持ちなのだ、と聞きましたが、それはまことのことなのですね」

「その通りです。思ひきや我が身の上と白河の関路をやがて越えぬべしとは……こたび、生まれ育った江戸を離れるにあたり、熙姫様はそう詠まれたと伺いました。熙姫様の御心中を思いますと、私は」

あなたは、ぎりりと唇を噛み締めました。

孝明天皇から宸翰《しんかん》や御製や純緋の衣を賜るほどの信を得ていた殿様が、よりによって朝敵とされ、熙姫様は、慮外にも白河の関を越えて国許に逃げねばならぬ羽目に陥った。その口惜しさ、やるせなさは、計り知れぬものがあったでしょう。

「厚かましくも官軍と称する賊ばらは、この会津に攻め入って来るのでしょうか」

「あなたもすでに御存知かもしれませんが、父や繁之助殿の話では、我が藩は年齢と身分によって隊を編成し直すなど、軍制を改めるそうです。万全の備えを敷くに越したことはありませんからね。また、毎日のように私に射撃を習いに来ていた、お隣の伊東左太夫様ご次男、悌次郎殿も、年を一つ多く偽って白虎隊に入るらしいですよ」

「私も、武芸を鍛えて備えとうございます。八重様、どなたか良い師匠を御紹介いただけませんか」

「そうですねえ。私の薙刀の師で、藩の居合指南役でいらっしゃる黒河内《くろこうち》伝五郎《でんごろう》先生の門を叩かれればよろしいと思いますが」

黒河内先生は武芸全般、つまり神夢想一刀流の剣術や神夢想無楽流の居合術、馬術、弓術はもとより、稲上心妙流の柔術、宝蔵院流の槍術、静流と穴沢流の薙刀術、白井流の手棒術、手裏剣術、鎖鎌術、針吹術、吹矢術を極めておられ、会津藩開闢《かいびゃく》以来の異能武芸者の名をほしいままにしていらっしゃいました。

「黒河内先生は、おなごにも決して手加減なさらぬ厳しいお方ですよ。そのおつもりで御覚悟できますか」

「もちろんです。武士《もののふ》の猛き心にくらぶれば数にも入らぬ我が身ながらも。と、そのような覚悟でございます。是非とも、お引合せのほどお願い申し上げます」

折り目正しく頭を下げるあなたの姿に、私は背筋が伸びる思いがしたものです。知らず知らずのうちに、握り締めた拳に力がこもっていました。

今や、我が藩危急存亡の秋《とき》。おなごといえども、命を賭して会津を守り抜かん。一朝事あらば、必ずやこの手で敵を討ち取ってみせようぞ。我が身に代えても、熙姫様をお守り申し上げようぞ。

あなたもきっと、そんなふうに血を滾《たぎ》らせていたのでしょうね。

翌日さっそく、あなたと妹御の優子さんを伴って黒河内先生の道場へ向かいました。あなたの六つ下で十六歳だという優子さんは、あなたをちょっと丸顔にした感じの愛らしい方で、はきはきと受け答えする快活さが末娘ならではのものに思われました。

「先様に着いたら、きちんと御挨拶するのですよ」

「承知しておりますとも。姉上、いつまでも私を子ども扱いなさらないでくださいませ」

あなたたち姉妹のそんなやりとりも微笑ましく、久しぶりにさわやかな気分を味わいながら、郭外の西のはずれに足を進めました。

以前から病んでいらした黒河内先生の目は、だいぶ白く濁られていて、私は胸が塞がるようでしたが、先生の物腰は、私が弟子入りした当時と変わらず武芸の達人そのものでした。

あなたが決意のほどを語り、穴沢流の薙刀術を伝授していただきたいと申し出ると、先生は重々しくうなずかれました。

「おなごながらに、天晴れな心がけ。とことん鍛えて進ぜるほどに、明日から毎朝通って来るがよい」

「ありがとう存じます。一心に精進いたします」

声を揃えて応じたものの、あなたは少し緊張した面持ちで、逆に優子さんはにこにこ笑っていたのが、私にはとても面白かった。

「これで、私たちは八重様の妹弟子にしていただいたのですね」

「いっぺんに妹が二人もできるとは、何と嬉しいことでしょう」

微笑み合う私たちを先生は目尻を下げて眺めていらっしゃいました。道場は、外の麗らかな陽差しと同じくらい、温かいものに包まれていました。その温かさをしみじみと感じつつも、私は、今こそ兜《かぶと》の緒を締めねば、と自分に言い聞かせておりました。

五月に入って間もなく、仙台藩、秋田藩、南部藩、米沢藩などの二十五藩が奥羽列藩同盟を結びます。米沢藩を通じてこれが北越に知らされるや、新発田藩、長岡藩、村上藩、村松藩、三根山藩、黒川藩が新たに加わり、奥羽越列藩同盟が成立しました。一方、江戸では上野で戦が起こり、旧幕府軍はたった一日で敗北を喫してしまいました。

もはや決戦は避けられぬ。

私は、父や繁之助殿の意見を聞くまでもなく、臍《ほぞ》を固めておりました。

六月に入ると、東征軍の猛攻撃に棚倉藩、泉藩、湯長谷藩が敗れ、新発田藩の寝返りもあって、米沢藩まで敗走を余儀なくされます。七月初めには新庄藩が恭順。半ば近くに磐城平城が落とされ、続いて弘前藩、相馬中村藩、守山藩、三春藩が降伏し、主力の藩兵を白河口に出動させたために老兵と少年兵とで守っていた二本松城も陥落します。

会津の東側の諸藩が相次いで敗れるのを追うように、西側の北越からも激闘の末の敗報が続きました。長岡城は奇襲攻撃を受けて落城したものの、攻防の末に奪回。しかし、その五日後に再び占領されます。村松藩が敗れ、村上城も落城したのは、磐城平城落城のほぼひと月後でした。

奥羽越列藩同盟の名の下に果敢に戦い、敗れた藩が数多くある一方で、亀田藩や矢島藩など小藩ゆえの非力さから、早々に恭順した藩も少なくありませんでした。これらの小藩と敗れた藩のほとんどは、忠誠の証として東征軍の傘下に入らざるを得なくなりました。まさに昨日の友が今日の敵となったのです。

「かくなる上は、腕に覚えあらば、おなごとて敵と戦うべきでございましょう。実は私、岡村すま子さんや依田まき子さん、菊子さん姉妹などと語らって、熙姫様をお守りすべく娘子隊《じょうしたい》を結成することといたしました」

八月の半ば、あなたはまなじりを決してそう言いました。

「つきましては、八重様に隊長の任をお引き受けいただきたく、お願い申し上げます」

「岡村すま子さんたちと一緒に、ということは、薙刀が主たる武器となるのでしょう。だったら私などより、竹子さん、あなたが隊長を務めるのが当然ですよ」

私がさらりと言うと、あなたは二、三度まばたきしました。

「ですが、ここはやはり国許育ちの八重様に」

「この際、国許育ちも江戸育ちも関係ありません。肝心なのは薙刀の腕前です。それに、我が家のお役目からしても、私は銃を取ると決めております。あなたなら大丈夫。みなを束ねていくにふさわしい器量の持ち主です」

「忝《かたじけの》うございます。八重様のお言葉、しかと胸に刻ませていただきます」

あなたの目がうっすらと潤んでいるのを見て、私もちょっと目頭が熱くなりました。

戦火は、もう間近に迫っておりました。

いざ戦の火ぶたが切られたなら、戦って戦って、戦い抜く。義は会津にありとの証を立ててみせる。私たちはもはや、おなごではなく、一人の会津藩士なのだ。会津藩士の誇りにかけて、戦いに臨むのだ。義と信念を貫いてこそ、武士だ。

そんなふうに考えて、私は武者震いしたものでした。

三

八月二十三日早朝、早鐘が城下に響き渡りました。藩士やその家族に城に入るよう促す早鐘です。いよいよ籠城戦が始まる報せでした。

前日に二本松藩と会津藩の国境《くにざかい》を突破して猪苗代に達した東征軍が、ついに滝沢峠を越えて大雨の中を会津盆地に攻め入って来たのです。

強い風が吠えていました。庭の木々が唸っていました。それらを切り裂くように、鐘が乱打されていました。その鐘の音の下から聞こえる銃声や砲音《つつおと》が、城下に迫ってくるのがはっきりとわかります。それらは、前もって使用人たちに暇を出してあった我が家まで、土台から揺さぶるようでした。父と繁之助殿は、すでに前夜から城中におりました。

私は、三郎の形見の小袖と袴を手早く身に着け、迷わずスペンサー銃と弾薬を携えました。以前にあなたにもお見せした通り、元込め式七連発のスペンサー銃は、馬上でも扱いやすいよう銃身が短く、射程距離と命中精度に優れているのです。

私の姿を見て、母も宇良殿も峰までもが一瞬息を呑みました。

「本日ただ今より、私は山本三郎として命のかぎり戦いまする。殿様のため、煕姫様をお守りするため、さらには兄上や三郎の仇を討つため、一人でも多くの敵を斃《たお》す所存にございます」

「それは見上げた心がけだけれども」

母が昏い目を伏せました。

「いかがなさいましたか」

怪訝に思って訊ねると、宇良殿がおずおずと顔を上げました。

「今、義母《はは》上と話していたのですが、私どもがお城に入っても足手まといになるばかり。綴村か延沢村あたりまでひたすら逃げ落ちるか、さもなくばいっそ自害しては、と」

「馬鹿をおっしゃいますなッ」

私の一喝に、三人は揃って身をすくませました。

何たる体たらくでしょう。私の身内ともあろう者たちが、逃げ落ちるだの、自害するだのとは情けないかぎり。いずれ命を落とすのならば、敵の一人も討ち取ってからでなければ、会津の意地が立ちますまい。朝敵の汚名を晴らせますまい。

「薩長の奴ばらは、敵方のおなごとみるや、たとえ年端のいかぬ子供であろうと容赦なく辱めるとのこと。もしも峰がさような目に遭うたら、泉下の兄上に何と申し開きなさるのです。また、ここで自害するは易きことなれど、これまで恩義を蒙ってまいった主君の役に立たぬまま死するは、山本家の名折れとなりまする。城中にては、兵糧づくりやら負傷兵の手当やら、女手はいくらあっても足りぬはず。どうしても自害したいとおっしゃるなら、せめて主家のために一働きしてからになさりませ」

宇良殿はうつむいて唇を噛んでおりましたが、母は意を決した目で私を見上げました。わずか七歳ながら、峰も肚を据えた顔を見せました。そうする間にも早鐘は私たちを急きたてます。

「さ、早うお支度を」

母は懐剣を帯に差し入れ、宇良殿は大小を腰に差し、峰は子供用の薙刀を小脇に抱え、私は大小を手挟みスペンサー銃を肩に担いで、住み慣れた我が家を後にしました。

篠突く雨をついて御城に近づいていくにつれ、三の丸を目指して入城する人波は、どんどん膨れ上がっていきました。赤子を抱えたおなご、引きずるようにして子供の手を引くおなご、老爺《ろうや》を背負ったおなご……。絽の紋付姿もあれば、裾模様の小袖を身に着けた者もおり、黒羽二重の袷《あわせ》の紋付姿も見られました。そのように様々だったのは、それぞれが潔い死を覚悟して、拝領の御品を纏っていたからにほかなりません。中には、白無垢の胸のあたりを生々しく真っ赤に濡らしている人もおりました。おそらく、城中に入って戦うのを拒んだ家族を成敗したか、あるいは足手まといとなる幼子か病人でも手にかけて来たのでしょう。

廊下橋を渡り、東門まで行きますと、門前には抜刀した中年の藩士が仁王立ちしておりました。

「たとえお女中たりとても卑怯な真似は許しませぬぞッ」

声高な叫びが、殺気立ったあたりの空気をさらに殺気立たせていました。

周りの人々がその藩士の剣幕に怖気を振るっているようでしたので、私は彼の前に進み出ました。

「お役目、ご苦労様に存じます。卒爾《そつじ》ながら、熙姫様は御無事にございましょうか。今はいずこにおわしますか」

「むろん御無事じゃ。大書院にて、中老の瀬山殿はじめ奥女中が挙《こぞ》って熙姫様を取り囲み、警護申し上げておる。みなみな懐剣を手に、いざといわば城を枕に殉死の御覚悟。そのほうらも見習うべし」

それを聞いて安堵した私が周りを見回すと、人々は小さくうなずいて粛々と門をくぐったのでした。

入城してほどなく、早くも敵の先鋒隊が、大手門に向かって一直線に進撃してきたとの報せが飛び込んできました。私は母たちと別れ、北出丸のほうへ走りました。

北出丸の守りについていたのは、五十歳から上の足軽玄武隊です。彼らが携えていたのは、ほとんどが火縄銃や旧式のゲーベル銃でしたけれど、それでも充分でした。敵の真正面にはお濠が横たわっていますし、北出丸の四方は石垣が築かれた上に白壁塀が連なっており、私たちはその塀の銃眼から敵が迫り来る通りを見下ろすことができます。ところが、駆け寄る私の前に、白髪髷を載せた一人の隊士が、ぬっと立ちはだかりました。

「そちはおなごではないか。老いたりといえども、我らは会津藩士。おなごの加勢など無用じゃ」

とげとげしい物言いと目つきに、喉の奥がかっと熱くなりました。ほかの隊士も、険しい目を私に注いでいました。

「この火急の場にては、男子もおなごもありますまい。憚りながら、私は砲術師範役・山本権八良高が娘にして、軍事取調兼大砲頭取・山本覚馬良晴が妹。一通りの砲術と銃撃術を修めております。また、こたびは過日戦死いたしました弟の三郎に成り代わりまして、出陣した次第にござります」

「されど、おなごの身で銃や大砲など」

「まだそれをおっしゃいますか。しからば、とくとご覧あれ」

言うなり私は白壁塀に身を寄せ、スペンサー銃を構えました。

入城せずに自刃した方たちを介錯した者が、各々の屋敷に火を放ったらしく、見下ろすところどころに火の手が上がっていました。その中を続々と迫り来る敵に、私はじっと目を凝らしました。

軍監とおぼしき者に狙いを定めました。息を詰めて引鉄《ひきがね》を絞りました。敵がどうっとばかりに馬から落ちます。一人、また一人……四人ばかり続けざまに撃ち倒しました。一人は心の臓に命中したはずです。

「お見それいたした」

先ほどの藩士が、かすれた声を出しました。険しかった無数の目も、すっかり別の色に変わっていました。

「ともかく、精鋭部隊がことごとく野戦に出ている今、我らがこの場を死守するほかございませぬ」

「みなの者、構えッ」

その声に、玄武隊の隊士たちが銃眼に向かいます。

身を隠す場所とてない敵兵が、次々と倒れました。前線の兵がじりじりと後退する中、違う軍服と陣笠を着けた新たな一団が、後方から現れました。勢い込んで進んできたその連中にも、私たちは弾丸の雨を降らせました。と、倒れ込んだ兵たちを蹴散らすがごとくにしながら、大砲が最前線まで引っ張り出されてきました。砲車は北出丸の東端、大手門へと折れる角に据えられます。白壁塀まで至近の位置でした。

私は周りの隊士に目配せを送り、大砲に一番近い銃眼の前に陣取りました。

敵の砲隊長とおぼしき大男が、砲撃の準備を指図しているのがわかります。手早く照準を合わせました。大男を狙い澄ましました。大男がこちらを向いた瞬間、指が動いていました。

大男が跳ねるように身を躍らせました。私は、彼の太腿を撃ち抜いたのです。彼は部下に両脇を抱えられて、退却していきました。砲車も後方へ退きます。が、それは少し動かされただけで、桜ヶ馬場のあたりに据えられました。

「敵はあくまで砲撃してくると見えまする。どなたか、急ぎ四斤山砲《よんポンドさんぽう》をここへお運びくだされ。大至急ですぞッ」

後ろに向かって叫ぶと、隊士たちがだっと駆け出して行きました。

「連中に砲撃の準備を進めさせてはなりませぬ」

四斤山砲が運ばれてくるまでの間、私たちは、撃って撃って撃ちまくりました。しかし、いざ四斤山砲を白壁塀の間際に持ってこようとすると、砲口が石垣と塀に遮られてしまうとわかりました。

「この塀の根元の石垣を突き崩して、お濠に落としてくだされ。それから防壁にするために、鎧櫃《よろいびつ》に土砂を詰めたものを。私は装弾をいたします。ほかの方々は、敵が砲撃できぬよう銃撃を続けて」

隊士たちが慌ただしく動き、砲口を差し入れる大穴が空きました。台車から外した砲身のまわりに鎧櫃の防壁が築かれました。

「まいります」

私は松明《たいまつ》を火門に押し付けました。

轟音が天をつんざき、地が揺れました。高所から撃ち下ろした大砲に、多くの敵兵が土煙を浴びて吹っ飛ぶのが見下ろせます。不意を衝かれた敵が慌てふためくところへ、隊士たちは激しい銃撃を加えます。

どうにかして応戦しようとする敵めがけ、私は再び砲弾を撃ち込みました。そのうちに、田中土佐様や萱野権兵衛様、西郷頼母様など重臣の方々のお屋敷が建ち並ぶ、本一ノ丁のあちらこちらで炎が噴き上がりました。我が藩は、火矢を放ってあたりを焼き払う策に出たのです。

もうもうたる太い煙が上がり、火柱が立ち、屋根瓦が崩れ落ちる音が響きます。たまりかねた敵兵が、甲賀町口を目指して退却していきます。

思い知ったか。これが義の力ぞ。会津の意地ぞ。何度押し寄せて来ようとも、同じ目に遭わせてくれるわ……。

そうして、私たちは一息ついたのでした。

あれは、昼八つの刻（午後二時）くらいだったでしょうか。その時分になって、城外で戦っていた部隊が続々と戻ってきました。帰城が遅くなったのは、敵がひしめく場所を避けて遠回りせざるを得なかったせいもあるでしょうが、多くの負傷兵を抱えていたためでもありました。

本丸の小書院に行きますと、負傷した藩士たちが畳の上に横たわっていました。

「手当の済んだ者には、奥女中の蒲団をかけてあげなされ。こちらが手狭とならば大書院も使うように」

奥女中や藩士の妻たちをてきぱきと指揮している、臈《ろう》たけた御方。その威厳に満ちたお声と凛としたお姿。熙姫様に違いありません。

「挨拶は後回しで良い。とにもかくにも怪我を負うた者の介抱が先じゃ」

ありがたいお心遣いに、私もさっそくみなに混じって負傷者の手当てを始めました。

敵の銃弾を受けて腕の肉を削がれた人もいれば、砲弾に膝から下を吹き飛ばされた人もいました。自分の着ている物が怪我人の血で染まろうとも、誰一人として気にする素振りもありませんでした。母も宇良殿も、襷がけをして忙しく立ち働いておりました。

次々と運び込まれてくる負傷兵は大書院にも横たえられ、その手当てが一段落したのは、夕暮れ近くのことです。

「どうぞお大事になされませ」

私は、肩を負傷した若い藩士にそっと蒲団をかけました。

「忝《かたじけな》い。今宵も出撃があるというに、かような体たらくでは殿に申し訳がたちませぬわ」

その言葉にはっとして、私は彼を覗き込みました。

「今宵……夜襲をかけるのでございますか」

「先ほど、そのように聞き申した。無傷であらば、拙者も必ず加わったものを」

「怪我が治りましたら、またお働きになれましょう。今は養生なされませ」

そう言いながら、私はすでに心を決めておりました。

大書院を後にして、奥御殿のそばの御庭に適当な場所を見つけました。城中から怒声やうめき声が洩れ聞こえるものの、そこだけは、何やらひっそりしているかのようでした。

私はその場に手拭いを敷いて静かに腰を下ろし、脇差を取り出しました。島田の髷《まげ》を解いて、脇差をあてました。けれど、脇差を持つ手に力を込めて前後左右に動かしても、太くて硬い私の髪はなかなか切れません。焦る気持ちが息を弾ませました。こめかみを汗が伝いました。思わず拳でぐいとこめかみを拭ったとき、目の前に立つ人影がありました。

「八重さん。八重さんではありませんか。いったい何を」

黄昏を背負ってそこにいたのは、私の幼馴染で、我が家の東隣の高木《たかぎ》家の長女、時尾《ときお》さんでした。時尾さんは、私の裁縫の師匠のお孫さんでもあります。

「ちょうど良いところにいらしてくれました。自分では思うに任せず、難儀しておりましたところ。この脇差で私の髪を切ってくださいませ」

「そんな……」

「重たくて、邪魔で仕方がないのです。これでは充分な御奉公ができませぬ」

ひたと見上げると、時尾さんは、痛ましげで哀しげな目を向けてきました。

「この通り、お願い申し上げます」

ややあって、時尾さんがごくりと唾を飲む音が聞こえました。地面についた手の先で、時尾さんのつま先が動くのが見えました。脇差を差し出すと、時尾さんは黙って受け取ってくれました。

交わす言葉はありませんでした。ただ、髪を切る音だけが耳に響いておりました。そうして小半時近くも過ぎたでしょうか。

「終わりました」

時尾さんが、いささか疲れた声で言いました。

「ありがとう。おかげで清々しました」

すっかり軽くなった頭を下げた途端に、はっとしました。

「時尾さん、どこかへ行かれる途中ではなかったの」

「ええ。実は、ユキさんを探していたのです」

もう一人の幼馴染で、我が家の北に接して屋敷がある日向《ひなた》家の次女のことです。ユキさんも、私と同じく時尾さんのお祖母《ばあ》様に裁縫を習っていました。

「弟の新三郎殿だけが先に荷物と一緒に御城に入って、ほかの御家族を待たれたと聞きまして、先ほどからあちこち探し回っているのですが、ユキさんたちを見かけた人は一人もおりません」

「入城に間に合わなかったのかしら……。無事でいてくれると良いけれど」

「ユキさんはしっかり者ゆえ、きっと大丈夫でしょう」

時尾さんの口調は、私にというより、自分自身に言い聞かせているようでした。時尾さんと私は、不安をねじ伏せるごとく、互いの目を見てうなずき合いました。

その夜、ひそかに身支度を整えた私は、弾を使い果たしたスペンサー銃の代わりにゲーベル銃を携え、大小を差して大手門に向かいました。と、待つほどもなく夜襲隊の隊士が集まってきました。

「そこもとは、山本八重殿。いや、山本三郎殿にございますな」

そう声をかけて来たのは、見覚えのない面長の隊士でした。

「いかにもさようにございます」

「昼過ぎまで、当所にて獅子奮迅のお働きをなさったとか。ご苦労様に存じます」

その言葉に、周りの隊士が一斉に大きくうなずきました。

「申し遅れましたが、拙者は夜襲隊の隊長にて、山田新左エ門と申しまする。よろしくお見知りおきのほど、お願い申す」

「こちらこそ、よろしくお願い申し上げます。私も夜襲に加えていただきたく、罷り越しました」

「むろん、ぜひご一緒に」

山田殿は力強く私に応えてから、隊士を見渡しました。

「敵の虚を衝くため、斬り込む際には鬨《とき》の声を上げぬこと。縦横無尽に斬りまくるも良し、火を放つも良し。ただし、深追いは不覚のもとゆえ、様子を見て適宜引き上げるべし」

「承知仕った」

「目にもの見せてくれるわ」

夜襲隊の面々は、足音さえ忍ばせるようにして大手門を出ました。

底無しの闇があたりに広がっていました。胸苦しくなる臭いが灰燼《かいじん》に帰した屋敷跡を覆っていたのは、自害された方々が、そこでお骨となられたからでしょう。

おのれ。彼奴《きやつ》らさえ攻めて来なんだら。

私は、肩に担いだゲーベル銃の銃身を握りしめました。

暗闇の中とはいえ、我々には幼い頃から慣れ親しんだ郭内です。進む足取りに迷いはありませんでした。二、三丁も進んだときでしょうか。数人の敵の姿が目に飛び込んできました。

山田殿がさっと右手を振り上げたのを合図に、ほとんどの隊士が抜き打ちに斬りかかっていきました。それを受けた敵の周章狼狽ぶりときたら、まさに蜂の巣をついたような有様でした。右往左往して散らばる中、同士討ちをする者たちもいれば、かろうじて反撃してくる者もいました。

奸賊ども、許すまじ。

北出丸の守りについていたときと違い、敵と肉迫しているだけに自ずと憎悪が高まり、私は目の前の敵に無言で銃口を向けました。敵が、やけにゆっくり地面に倒れました。間もなく援軍が駆けつけてくると、敵は激しい逆襲に転じます。しかし、地理を知り尽くしている我らは、広い通り細い路地と自在に駆け回って敵を翻弄したのです。

白刃が闇に閃きます。刃風の音にうめき声が続きます。焼け残った屋敷に火が放たれます。ゲーベル銃が夜気を震わせます。

どれくらい経ったのか、何人の敵を斃したのか、今となってはしかとわかりません。どこかの馬小屋で馬が一声いなないたのをしおに、私たちは出撃したとき同様に素早く城に引き上げました。籠城一日目が、ようやく終わろうとしていました。

翌日、負傷兵の手当てをしておりましたら、外からどよめきが聞こえてきました。一区切りつけて外に出てみますと、城内にいた藩士たちが、我も我もと塀の銃眼を覗いて歯噛みしています。彼らをかき分けるようにして、私も銃眼を覗きました。

郭内の至るところで火の手が上がっていました。我が家のあったあたりも、御用屋敷も会所も、六日町口や三日町口のほうまで、どこもかしこも。敵は、残った屋敷のすべてを焼き尽くしつつ、いったん郭内から退却して新たな包囲網を敷こうとしていたのです。

敵を追い伏せようにも、猛火に阻まれている上に「軽挙慎むべし」と殿様からのお達しが伝えられ、私たちは手をつかねているほかありませんでした。

やがて、我らが鶴ヶ城は、焼け野が原にぽつんと取り残された孤城となりました。

再び負傷兵の世話をしたり、兵糧作りを手伝ったりしながら日が暮れるのを待って、私は、その夜もひそかに支度を整えました。一人で郭外へ走り、敵を襲うつもりでした。夜陰に紛れて御台所門をくぐり、太鼓門まで行くと、十人ばかりの小さな影が固まっていました。いずれも十一、二歳ほどの男の子たちで、それぞれ手頃の長さに切りつめた槍を持っています。

「今こそ日頃の鍛錬を示すときじゃ」

「我らも会津魂を見せようぞ」

「我が命捨てても敵の首を討ち取らん」

気炎を上げていた彼らの中の一人が、私に気づいて駆け寄ってきました。

「ご無礼ながら、夜討に出られるのでございますね。是非とも我らをお連れくだされませ」

口ぶりは大人びていましたが、その顔はまだまだあどけないものでした。かような子供まで、と思うと、つい目が潤んでしまいました。

「何とぞお願い申し上げまする」

「お願い申し上げまするッ」

口々に言われて、私は子供らに向き直りました。

「そなたたちの忠心、ようわかりました。されど、私一人ならともかく、年若きそなたたちを連れて城を出るとあらば、殿様のお許しをいただかねばなりませぬ。お伺いを立ててまいりますから、しばしここでお待ちなされ」

そう言い聞かせるや、殿様が御座所とされていらっしゃる黒鉄御門《くろがねごもん》へ急ぎました。

天守閣そばのその楼門の前で、初老の藩士に殿様へのお目通りを願い出たものの、軍議中とのことで叶いません。

「しからば、せめて伝言を。この通り、後生でございます」

太鼓門で待っている子供たちの心中を思い、私は必死でした。

初老の藩士は私の用向きを聞くと顔色を変え、そそくさと黒鉄御門の中へ入っていきました。己の鼓動にさえ急き立てられる気分で、彼の戻りを待ちました。

黒鉄御門の中が一時《いっとき》ざわめいたかに思えたのは、気のせいだったのでしょうか。しばらくして戻ってきた件《くだん》の藩士は、私の前で背筋を伸ばし「殿の御返答をお伝え申す」と声を張り上げました。

「そのほうら一同の健気な志は褒めてつかわす。しかれども、おなごや子供のみを出撃させては、城中兵なきことを示すがごときもの。かえって城中の不覚となるゆえ、差し控えるように」

「……承知、仕りましてございます」

私は、震え出しそうな声を足もとにこぼしました。

「また、汝山本八重、並びに河原とし子、高木時尾に熙姫様御側役心得を申し付ける」

「畏《かしこ》まりましてございます」

「以上じゃ」

伝令の藩士がきびすを返しました。その足音が黒鉄御門の中に消えてから、私はのろのろと顔を上げました。太鼓門へ帰る足が重くてなりませんでした。

予想通りでしたが、私の話を聞いた子供たちは地団駄踏んで悔しがりました。

「あと五年、いや三年早く生まれていれば白虎隊に入れたものを」

「いっそ、こっそり抜け出そうではありませんか。さすれば手柄も立てられまする」

「なりませぬッ」

私は腹の底から声を絞りました。

「殿様の命ですぞ。それを守れぬ者は、間違いなく不忠の輩。夜討に出ずとて、これから先は弾丸を作ったり、それらを運んだり、お役に立つ道はほかにもありましょう。軽々しい振舞いは、武士の恥。殿様も、そなたたちを健気とお褒めくださっているのじゃ。そのお言葉に背かぬよう、よくよくお考えなされ」

唇を噛んで涙をこらえる子、袴の脇をぎゅっと握りしめる子、槍を持つ手をわななかせる子……。どの子も愛しい会津の子です。

「そなたたちは、すでに立派な武士じゃ。武士は引き際が肝心ですぞ」

私は彼らの肩を抱くようにして、本丸の長局まで送って行きました。その夜、私も夜討を取りやめたのは、当然の成り行きでした。

山崩れか、はたまた万雷が一度に落ちたか。

肝が凍えるほどの大音響が轟き、地面が激しく揺れたのは、翌日の昼八つ半（午後三時）頃のことでした。私が西出丸の上から、じりじりと城に迫ってくる敵を狙撃していたときです。

まさか。

本丸に砲弾でも撃ち込まれたのか、と天守閣の向こう側を目指して走りました。四つの国境に布陣していた部隊は、まだすべて帰城しておらず、城内は依然として手薄だったのです。

「小田山じゃッ」

誰かが叫ぶ声にふと見上げると、城の東南にそびえる小田山の麓から、ものすごい煙が上がっていました。無数の火花が爆ぜるのも、くっきり見えます。

火薬庫が、爆破された。

ぴんときた次の瞬間、足がもつれそうになりました。

小田山の麓の小田村にある火薬庫には、精製した火薬が五百貫ほども蓄えられている、と父から教えられておりました。それらをいっぺんに失ったのは、大きな痛手です。

まるで、手足をもがれていくような……。

私は火薬庫から上がる煙をぼんやり眺め、ぶるぶると首を振って、弱気になってはならぬ、と自分を戒めました。

後にわかったことですが、火薬庫の爆破は、敵がしばしばそこに火薬を盗みに来るため我がほうが運び出すことができず、これに業を煮やした足軽が、敵に奪われるくらいなら、と決死の覚悟で火を投じたのだそうです。まことに惜しくはあるものの、確かに敵に奪い尽くされるよりましだったと思います。ただし、そのとき本丸にいた母たちから聞いたところによると、凄まじい轟音に城が爆破され崩れ落ちたと早呑み込みして、自刃した人が何人もいたとのこと。

無念腹を切るならともかく、あたら命を捨てるとは。

私は、決して口にできない言葉を胸につぶやきました。

火薬庫の爆破は、無駄死を招いただけにとどまりませんでした。火薬庫が焼失したのを好機として、敵は翌日の昼までに小田山を占領したのです。城を見下ろす山頂から、天守閣をはじめとする城の肝心な場所へ向けて、さっそく次々と大砲が打ち込まれました。以来、私たちは、小田山からの砲撃に絶えず苦しめられることになったのでした。

八月二十八日。「娘子隊が城に戻って来る」との報に、私は城門へ走りました。

「城外を転戦していたそうな」

「衝鋒《しょうほう》隊に加わって戦っていたらしい」

「大したものだ」

賞賛の声を上げる城兵たちの背後に立つと、待つほどもなく一行が到着しました。

足軽鉄砲隊に護衛されてやって来たのは、あなたの御母上のこう子様と妹の優子さん、依田まき子様と菊子さん御姉妹、岡村すま子様。何度も目をしばたたいても、城兵たちの後ろで必死に背伸びしても、あなたの姿は見えません。

もしや……まさか……。

息が詰まりました。全身に鳥肌が立っていました。

こう子様たちが身に着けている上等な小袖も白羽二重の襷も義経袴も、血と泥にまみれて潮垂れていましたが、みなさん意気軒昂たる御様子でした。と、こう子様がこちらを振り向かれました。

私は、城兵たちを夢中でかき分けて近づいていきました。

「竹子さんは……竹子さんは、御一緒ではないのですか」

訊くまでもなく、わかっていた気がします。それでも、私は訊かずにいられませんでした。

「竹子は、敵兵を数名斃した後、銃弾に胸を貫かれました。我が娘ながら立派な最期でした」

「いつでございますか」

「二十五日の夕刻、涙橋にて」

三日も前に、と思うと胸が締め付けられました。あたりの人声がゆがんで聞こえました。

「ご苦労様にございました」

こう子様が踵を返すのが見えました。その足音と一緒に人々の声が遠ざかっていきました。それでも私は、下げた頭を上げられませんでした。

竹子さんが、戦死……。

知らず知らずのうちに、その場に頽《くずお》れていました。今にも絶叫してしまいそうで、両手で口をふさぎました。

冷えきった風が、うなじをなぶって吹き過ぎていきました。

「二十三日の朝、断髪し身支度を整えた私どもが駆けつけたときには、早くも北大手門に押し寄せた敵の侵入を阻むため、すでに城門は閉ざされておりました。入城を果たせなんだ人々が呆然と門扉を仰ぐ中、誰彼かまわず熙姫様の安否を訊き回りますと、とうに坂下へ立ち退かれたとのこと。それで、今度はそちらへ急ぐことにしたのです」

こう子様はお疲れの色も見せず、そう話してくださいました。

「坂下へ……。竹子さんが赤岡様のもとにいらした間に、私も何度も通いました。懐かしゅうございます」

雨にぬかるんだ二里余りのその道を、薙刀を小脇に抱えたあなたが必死に急ぐ姿が目に浮かびました。

「銃声と大砲の音とそこかしこの屋敷から噴き上がる炎をかいくぐって郭外に走り、ずぶ濡れとなって、ようよう坂下にたどり着いたものの、お守りすべき熙姫様はどこにもいらっしゃいませんでした。致し方なく、その夜は法界寺の板の間に仮寝の宿を結ばせていただきました」

「入城の際は、流言飛語が乱れ飛んでも不思議のない大混乱だったとはいえ、とんだ無駄足を運ばされる羽目になってしまわれたのですね」

「無駄足とは無礼な」

こう子様の目が吊り上がりました。

「申し訳ございません」

とっさに手を突くところへ「されど母上」と優子さんが割って入ってくれました。

「姉上も同じ言葉を使われたではございませんか。このままでは無駄足を踏んだことになりまする、と」

「……確かに、そうであったな」

「翌日、姉の発案で、私どもは高瀬村の屯所にいらした家老の萱野権兵衛様を訪ね、是非とも戦に加わらせていただきたいと頼み込んだのです。しかしながら萱野様は、そのほうらの殊勝な心がけには打たれるが、古《いにしえ》より戦におなごを引き連れるは敗戦のもととなる、と懇懇とお説きになられました。ここはひとまず御決心を差し控えられよ、とも」

「いかに萱野様がお相手であれ、竹子さんともあろうお方が、そうやすやすとお気持を変えられるはずはありませんよね」

「ええ。姉は、我らが願い叶えていただけぬのでしたら、この場にて一同自刃するまでにござります、と一歩も引かぬ構えを見せたのです」

りりしく言い放つあなたの前で、少しばかりたじろぐ萱野様のお顔を思い描くと、思わず口元がほころびそうになりました。

「萱野様は、しばし目を閉じて考え込んでいらっしゃいましたが、ついには、古屋佐久右衛門様率いる衝鋒隊に従うことをお命じくださいました。衝鋒隊は、七日町口に陣を敷いている長州兵と大垣兵を攻めつつ城へ戻る算段をしており、明くる日の子《ね》の刻（深夜十二時）に高瀬村を出立いたしました。敵は最新式の銃を撃ちまくってくるのみならず、次から次へと砲弾も浴びせてきました。味方の兵が、おなごは前に出るなと叫んでおりましたけれど、私どもは今こそ主君と煕姫様の御恩に報いるときとばかりに、いくたりもの敵兵に薙刀を振るい続けたのです。姉の奮闘ぶりは、私の目には……まぶしいほどで」

「涙橋に達すると、すでに夕刻となっておりました」

声を詰まらせた優子さんに代わって、こう子様が先を続けます。

「おなごだ。生け捕れ、生け捕れ。何を雑兵どもがッ。飛び交う怒号の下で、一発の銃弾が竹子に命中しました。母上、介錯を。泥濘《ぬかるみ》に斃れた竹子のそれが末期の言葉でした」

「して、竹子さんの御首級《みしるし》は」

「敵に渡してはならじと懸命に介錯しましたが、髪が首に絡んで容易に落ちませなんだ。そこを敵兵に攻められて、いったんその場を離れ、再び戻ったときにはもう……。ただ、ありがたいことに上野吉三郎殿と申されるお味方が、竹子を哀れに思召して首級を持ち帰り、法界寺に葬ってくださっていたのです」

「法界寺といえば、二十三日にお泊りになられたところ。これも御縁、いえ、竹子さんに与えられた冥護《みょうご》にございましょうね」

私がしみじみと言うと、こう子様は目を潤ませて静かにうなずかれました。

「実は私、出陣の際に姉から預かったものがございます」

優子さんが、帯の間から懐紙に包まれたものを取り出しました。

「自分に万一のことあらば、これを八重様に渡して欲しい、と」

「私に、ですか」

差し出された包を受け取ると、優子さんが「ご覧ください」と促します。

簪《かんざし》でした。珊瑚《さんご》で瓢簞《ひょうたん》を模《かたど》った、銀脚の玉簪。

「かように凝った御品、私にはもったいのうございます」

「まあ、そうおっしゃらずに。竹子が、八重様にと優子に言付けた形見です。どうぞ受け取ってやってくださいませ」

私は簪を押し戴いて、そっと目を閉じました。瞼の裏に、あなたの様々な面影が蘇りました。

初めて手合せしたときの鋭い光を宿した切れ長の目。透き通るような笑顔。赤岡様の甥御さんとの縁談に悩んで曇っていた眉。熙姫様をお守りするために娘子隊を結成する、と語ったときのまなじりを決した面差し。どれもが懐かしく慕わしく、すぐそこにあるかのようでした。

竹子さん。あなた、あの歌を辞世として記した短冊を薙刀に結び付けていたんですってね。

　武士《もののふ》の猛き心にくらぶれば　数にも入らぬ我が身ながらも

数にも入らぬなどということはありません。あなたには、まぎれもなく武士の血が流れていました。猛き心の持ち主でした。

竹子さんは、立派に死花を咲かせたのだ。色に負けず、香り高く咲いた紅梅として、死花を……。私も、死花を咲かせよう。竹子さんがたとえてくれた橘のように、凛とした佇まいと清々しい香りを持つ死花を咲かせてみせよう。

それまでしばらくの間、待っていてくださいね。

私は、瞼に浮かんだあなたの面影に、そう語りかけたものでした。

兄上の、三郎の、そして竹子さんの仇をとってやる。死花を咲かせるそのときまで、一人でも多くの仇を討つ。

そんなふうに胸に繰り返しながら浅い眠りについた明くる朝、佐川官兵衛様に率いられて、千名余りの城兵が城の外に進撃していきました。一行に加わろうと勇み立つところへ「万が一に備え照姫様のお傍を固めよ」とのきついお達しがあり、私は城中に残らざるを得ませんでした。

城外戦は当初我がほうが優勢だったものの、やがて敵方が逆襲に転じて、城内には深手を負った兵がひっきりなしに運び込まれてきました。病室は、たちまち負傷兵であふれ、うめき声と血のにおいで満たされます。御自身も襷がけをされて陣頭指揮を執る照姫様のもと、表使いの瀬山様や安尾様といった奥女中たちも、私や時尾さんたちも、大わらわで手当に励んだものです。負傷兵の数多さに、薬はむろん、繃帯にする白布もすぐに底をつきました。

「私の帯を解き、帯芯を繃帯として使いなされ。蒲団の足りぬ者には、私の打掛や小袖をかけてやるように」

「されど、それでは少なからずもったいないのではございますまいか」

熙姫様に命じられた奥女中の一人が、遠慮がちに問い返しました。

「もはやいずれも用なきものばかり。怪我人の役に立てれば、帯も打掛も本望であろう。また、我が会津のために馳せ参じてくださった旧幕軍や郡上《ぐじょう》藩の凌霜隊《りょうそうたい》などの方々には、介抱する家族も親戚もおられぬゆえ、ことに懇《ねんご》ろに接して差し上げなされ」

さすがは、あなたが敬愛してやまなかった熙姫様です。そのお言葉に従って、奥女中たちは熙姫様の衣裳を取り出す一方、御自分たちのものも惜しげもなく差し出しました。刺繍や金箔入りの打掛や葵の御紋の入った小袖を掛けられた負傷兵たちは、熙姫様に向かって合掌したり、「かように豪奢な薬はありますまい」と微笑んだりしておりました。さらに、それも熙姫様の御薫陶の賜物でしょう。瀬山様や安尾様たちは、重傷の兵に夜もすがら付き添うのみならず、嫌な顔一つ見せずに下の世話までしていらしたのです。位の高い奥女中の方々が、と私たち藩士の家族は大いに心を動かされ、瀬山様たちを見習いました。

熙姫様のもとで、みなが一丸となって働いている。その実感は、新たな勇気を与えてくれました。が、井戸端で繃帯を洗っていた私は、ふと気づいて手を止めました。

今や、熙姫様の嫁ぎ先であった豊前中津藩も、敵方に与《くみ》して会津を攻めてきた。その御心中はいかなるものであろうか、と。

この日、城外に進撃して死傷した兵は、百七十名を超えたということでした。

九月に入った途端に、急に寒さが増しました。畳という畳は胸壁《きようへき》にするために持ち出し、根太板に薄縁《うすべり》を敷いているだけでしたので、入城したいでたちで着たきり雀だった私たちは、足元から伝わる寒さに身を震わせたものです。それでも「雪が降るまでの辛抱じゃ。奸賊どもは雪に不慣れゆえ、雪が我らの味方をしてくれよう」という声もあり、互いを励まし合って働きました。

城中の女たちの仕事は、兵糧作りと負傷兵の看護と弾丸作りが主でした。

兵糧は、本丸の西隅の炊事場のほかに、西の丸と二の丸に作られた炊事場にずらりと並べた釜で炊いた玄米を、炊けるそばから皮が剝けるほどの熱さに手を水で冷やしつつ握《むす》んでいきます。水に落ちたものはお粥にして負傷者に供し、黒焦げになったものや地面に落ちたものは、私たちが食べていましたが、次第に玄米が乏しくなってくると、虫の湧いた道明寺粉に湯を入れた汁をすすって空腹を紛らわせるようになりました。

死傷者は日に日に増えていきました。見るも無残な亡くなりかたをした人もいれば、瀕死の怪我を負った人もずいぶんおられました。私が夜回りをしていたある夜、長い廊下の一面に大勢の兵が横たわっていました。戦に疲れて寝入っているのだろうけれど、大切な身体に風邪をひいては大変だと灯りをつけてみると、そこには亡くなった兵が並べられていたのでした。その頃にはすでに、あまりの戦死者の多さから、遺体を葬って差し上げたくても、その場所に難儀していたのでしょう。私は灯りを吹き消して、小さく経を唱えました。

城内では、籠城の初めの時分から、いずれ弾丸が乏しくなるのを見越して、その製造を行っておりました。年老いた藩士が、蔵に蓄えられていた鉛や私たちが納めた簪《かんざし》や笄《こうがい》、降るように飛来する敵の鉛弾を溶かして鋳造し、私たち女は、二の丸の文庫にあった唐本などの紙を使って薬筒を拵えるのです。そうして一日に一万二千発ほども作った弾丸を百発くらいずつ箱に収めます。それが、なまなかな重さではなくて、みなさんは、一箱持つにもたいそう苦労していました。けれど、あなたも知っての通り私は力自慢。気が立っていることもあったせいか、二箱三箱と肩に担いで弾丸方に渡しに行きました。

また、「焼玉押さえ」も、女たちの大切な仕事となりました。砲弾というものは、着弾後しばらく導火信管が燃え続け、その火が弾内に達して初めて爆発し、多数の地紙型の鉄片が飛び散って甚大な被害をもたらします。ですから、城内の床などに砲弾が落ちた瞬間に、すかさず水で濡らした蒲団や綿入半纏で覆えば、爆発を未然に防ぐことができるのです。

「籠城する破目になれば、女子供も焼玉押さえをしなくてはならぬかもしれません」

「ご案じなさるには及びますまい。会津人は、おなごも子供も肝が太うございますから、きっと悠々とやってのけますよ」

私とあなたは、そんなふうに言い合いましたね。

本当に、あなたの言った通りでした。屋根の上に落ちたものは、江戸から来てくれた火消の人たちが始末してくれましたが、屋根を突き破って落ちてきたものは、城内にいる女たちが消し止めます。遅れをとれば爆死は必至のこの作業を、女たちは果敢にこなしていました。

ことに、あなたの母上だけあって、こう子様は豪胆そのものでした。ある日、負傷兵の血と膿《うみ》に汚れた着物を洗い上げて城内に戻ったこう子様が廊下を歩いていたとき、目の前に砲弾が落ちたのです。こう子様は眉一つ動かさず、洗い立ての着物で砲弾を包んで池の中に投げ込まれました。その落ち着きぶりと素早さには、男勝りといわれる私も恐れ入った次第でした。

私は、時尾さんたちと一緒に働く合間や日暮れの後は、西出丸に赴いて狙撃戦に加わったり、夫の繁之助殿を助けて大砲を撃ったりしておりました。ほとんど休まず眠らずにいても、さして疲れは感じませんでした。

九月十四日、明け六つ（午前六時）。敵の総砲撃が開始されます。

集中砲火は、これまでをはるかに超える凄まじいものでした。

無数の砲弾が飛び交う。城内のいたるところで、烈火が噴き上がる。木々は倒れ、瓦は落ち、足元に砂塵が上がり、石が飛ぶ。砲声に消されて聞こえぬものの、銃弾も霰のごとくに絶えず飛んでくる。しかし、それしきでひるむ我々ではありません。

「小田山を少しでも黙らせてやりましょう」

私と繁之助殿は、護衛兵と共に豊岡に四斤砲を運び出して反撃したのです。

何としてでも一矢報いてみせる。その後ならば、敵の砲弾に斃れてもかまわない。その一念があるのみでした。

城の三方からの執拗な砲撃は、暮れ六つ（午後六時）になってようやく止みました。振り返ると、暮色に包まれた天守閣が、満身創痍の態でそびえているのが見えました。

あの美しかった白亜の天守閣は……。一日の始まりには朝陽を背負ってまぶしく輝き、日の入りには夕映えに染まりながら、家臣とその家族を見守り続けてくれてきた天守閣は、そのような姿になってもなお、私たちを鼓舞するかのごとくそびえていました。

翌日も、明け六つから暮れ六つまで、総砲撃が繰り返されました。

死傷者の増えることこれまでの比ではなく、女手の足りぬために、私は時分どきには負傷兵の食事の世話に戻りました。城中は、もうもうたる硝煙で息をするにも苦しい有様でした。それでも、尻込みするような人は一人も見当たりません。子供たちは、濡れ筵《むしろ》を抱えてあちこち駆け回り、焼玉押さえに奮闘していました。女たちは弾薬の補充に走ったり、戸板に載せられた負傷兵を数人がかりで病室に運んだり、大わらわでした。

その光景を見ていると、硝煙がやけに目に沁みました。

殿様の御座所に招かれたのは、総砲撃三日目の夕刻近くのことです。その日も、城内には朝から間断なく、敵の砲弾と銃弾が降り注いでいました。

「殿が砲弾についてお訊ねになりたいとの仰せ。誰か応えられる者はおらぬか」

側仕えの方が豊岡まで呼びに来られましたが、繁之助殿も砲兵たちも防戦に手一杯でその場を離れられません。

「私が、まいりましょう」

折よく、消し止めた敵の砲弾が傍らにありましたので、私は子供の頭ほどのそれを胸に抱いて黒鉄御門へ向かいました。

重臣や小姓がずらりと居並ぶ奥に、きりりと鉢巻を締めた殿様が端座していらっしゃいました。

「近う寄れ」

命ぜられて御側近くへ上がったものの、名乗る声が少し震えます。それまで負傷兵のお見舞いに大書院などへお越しになった殿様をお見かけしたことはありますが、こんなにも間近でお目通りするのは、これが初めてでした。

「面《おもて》を上げよ。そちの女丈夫ぶりは、つとに聞いておる」

「恐れ入りましてござります」

秀でた額に、通った鼻筋。凜とした眉と涼やかな目元。私が女丈夫ならば、殿様は間違いなく美丈夫ですが、おいたわしいことに、その目の下には濃い隈ができていました。

「そちも存じておろうが、一昨日の総砲撃の際、山川大蔵が妻とせが、焼玉押さえを仕損じて無残な死を遂げた。しかるに、中野こう子のごとく、それを得意とする者もおるとか。かかる仕儀は、なにゆえ起こるのか」

「では、これなる焼玉をご覧くださりませ」

私は、抱えてきた砲弾を目釘抜きで分解しながら、あなたに教えたのと同じように、殿様に砲弾の仕組みを御説明申し上げました。その間、砲撃の音に負けじと声を張り上げなければならないのは忌々しいことでしたけれど、殿様は、ふむふむとうなずき、時には問いを発せられたり、私が申し上げたことを繰り返されてお確かめになりました。

「多忙のところ、手間を取らせてすまなんだ。されど、そちのおかげで、ようわかったぞ」

「もったいないお言葉、忝《かたじけの》う存じまする」

「して、我がほうの砲弾は、いかばかり残っておるのじゃ」

「万に一つも打ち損じのなきよう大切に使っておりますゆえ、今しばらくは御懸念無用にござりまする。ただし、まことに申し上げにくきことなれど、我がほうの四斤砲にては敵方に大打撃を与えるまでに及びませぬ」

「……そうか」

殿様の目の下の隈が、いっそう濃くなったように見えました。

「山本八重、大儀であった。今後も我が会津のために励んでくれ」

「畏まりましてござります。もとより不惜身命《ふしゃくしんみょう》の覚悟なれど、ますます一命を賭して精励相努めまする」

ありがたいお言葉を頂戴して御前を辞した私は、黒鉄御門の前で胸元にそっと手をあてました。そこには、あなたの形見の玉簪が忍ばせてありました。それを肌身離さず身に着けていれば、彼の世《あ》にいったとき、迷わずあなたに会えると思っていたのです。

竹子さん。あなたのぶんまで殿様と熙姫様にお尽くしして、その上で、あなたの仇を取りますからね。

そんなふうにあなたに語りかけながら、私はまた砲弾と銃弾をかいくぐって、豊岡へ戻ったのでした。

殿様に拝謁した翌日、父が一ノ堰村の激戦にて命を落としました。

「長年仕えた主家のために散ったのです。旦那様も、さぞかし本望だったでしょう」

母は遠い目をして、そう言いました。

とうとう父上までも……。

享年六十一。息子たちを相次いで敵に殺され、老骨に鞭打って戦い、そして果てた。父は本当に本望だったのでしょうか。武士の本懐を遂げたのでしょうか。朝敵の汚名を着せられたまま、無念千万やるかたない思いで旅立ったのではないでしょうか。

父が戦死した翌日には、高田が攻められ、城の外との連絡はすべて断ち切られてしまいます。これをもって、鶴ヶ城はまさしく孤城となり果てました。さらに翌々日の二十日になると、敵が不意に攻撃の手を緩めました。

何やら不気味な思いを抱えて迎えたその夜、城内は異様なざわめきに包まれました。何事かと訊き回りますと「どうやら殿は御降伏を決せられたようだ」という者もあれば、「米沢藩が仲介の労をとってくれるそうな」と詳しく語る者もおりました。

自分の耳が信じられませんでした。

「御降伏などと、空言にござりましょうな。誰もが、最後の一兵となりても戦う、との決意で籠城したのでござりますぞ」

できることなら、そんなふうに殿様に詰め寄りたかったくらいです。

しかし、やはり翌二十一日には矢玉止めとなりました。

「そのほうらは、みな我がために戦い、父は傷つき子は討死し、骨は地に積み、血は流れて川となっておる。これはもはや、見るに忍びない。そのほうらがなおも戦うと申すなら、我一人であろうと降《くだ》る所存である」

殿様は、あくまでも抗戦を唱える重臣を前に、そう言い切られたとのことでした。明日開城と伝わるや、城内は騒然となりました。悲憤のあまり切腹する城兵。戦死した夫の遺髪を抱いて、お濠に身投げする妻。指を嚙み切った血潮で「君主城に降旗を建つ　妾《わらわ》は深宮に在って何ぞ知るを得む」と城壁に記して自刃した人もいたくらいです。よもやの降伏……。死花を咲かせるはこれからだというに。

竹子さん。あなたがたとえてくれた橘のごとく、凛とした佇まいと清々しい香りを持つ死花を咲かせるはずが、会津は降伏開城するというのです。

降伏、開城。でしたら、あなたは、父は、二千名余りを数える会津藩士とその家族は、何のために命を落としたのでしょう。この戦は、いったい何だったのでしょう。

会津の義と誇りと意地が、陽炎のごとく儚く消えようとしていました。敵に穢され、踏みにじられ、息も絶え絶えになって。

間違いであってほしかった。さもなくば、悪い夢の中にいるのだと思いたかった。

私は、魂を抜かれた人のように誰とも口を利かず、重傷者に夜通し付き添いました。そして、本日。ついに我が会津藩は、敵の前に白旗を掲げ、降伏、開城したのです。

竹子さん、見えますか。あの見事な月が。

雑木林はそれこそ「かざしの紅葉いたう散り透きて」といった感がありましたけれど、

月の光は、雑物蔵の白壁に冴えわたっています。ほら、あなたの形見の簪も、こんなに綺麗に輝いて。

ごめんなさい、竹子さん。あなただけを逝かせてしまって、ごめんなさい。死に損なってしまって、ごめんなさい。

この月は、すべてを見ていたのですねえ。この先どうなることやら見当もつかないけれど、この月はこれからもずっと、先祖代々私たちの魂の拠り所であった会津若松城を見守り続けてくれるのですね。

せっかくですから、この簪で白壁に一首刻みつけるといたしましょう。

明日の夜は何国《いずこ》の誰かながむらん
なれし御城に残す月影

第二章　漂泊

一

真っ白な飯粒が、朝陽を受けて異様にきらめいていた。

毒でも入っているのではなかろうか。

八重は、細めた目で手の中の握り飯を眺めまわした。何しろ、会津勢に一人一個ずつ配られたそれは、奸賊から与えられたものなのだ。

周りの者たちも八重と同じように感じているのか、誰も口をつける者はおらず、気味悪げな目を握り飯に注いでいる。

「食べてはなりませぬのか」

七、八歳とみえる男の子が、傍らの母親に訊いた。母親は、眉を寄せたまま何も応えない。
男の子の腹の虫が盛大な鳴声を上げた。その頭には虱《しらみ》がたかり、小袖は煤《すす》と泥に汚れ、首筋は垢で黒光りしている。籠城から丸一カ月。着たきり雀で風呂も入れずにいた会津勢は、みな似たような有様だった。

死花を咲かせる、と息巻いていたのだ。今さら、毒ごときにたじろぐこともあるまい。そう思うと、八重は何やら笑い出しそうになった。ほころんだ口元に握り飯を近づけた。

「いただきます」

小さくつぶやいて、そっと歯をあてる。

白米の柔らかな匂いと甘くて懐かしい味が、口一杯に広がった。優しい舌触りに、思わず目を閉じた。

「大丈夫ですか」

姪の峰が八重を覗き込む。

母のさくも兄嫁の宇良も、案じ顔を向けていた。

「別状ありませぬ」

それどころか、ものすごく美味かった。今まで食べた、どの握り飯よりも美味かった。

八重の様子を見て、みなが一斉に握り飯を口に運んだ。むさぼるごとくに食らう子供。飲み込むのを惜しむように、一口一口噛みしめる女……。

この一カ月の間、ここにいる誰もが、玄米の握り飯しか口にできなかった。茶色いそれを見慣れてしまったせいで、白米の握り飯が気味悪いほど輝いて見えたのに違いない。

敵の施し。

握り飯を睨んでみたものの、いったん口をつけたらもう止まらなかった。喉がつまりそうだった。涙がこみ上げた。

竹子さん。あなたは、こんな惨めな思いをせずに逝けただけでも、お幸せでしたよ。

その死を知って以来、ことあるごとに心の中で竹子に語りかけるのが、八重の習い性となっていた。今でも、ふと振り向けば、慎ましやかに微笑む竹子がすぐそこにいるような気さえする。

「人生は何が起こるかわからぬ。それゆえにこそ、面白いのだ」

兄の覚馬は、よくそのように言っていたものだ。

「兄上のおっしゃる通りにございますね。予期せぬことが起こるたび、生きている実感がいたしますもの」

八重はいつもそう応えたのだった。しかし、ここまでくれば、あれは間違いだったと思う。あんなやりとりができたのは、暮らし向きにも心にも、たっぷりゆとりがあったからだ。

あの頃の何と呑気だったことか。

八重は握り飯の残りを口に押し込んだ。それは、ごろりとした塊になって、喉に刺さりながら落ちていった。


この日、城内に留まっていた五千名近い会津勢に対して、婦女子および六十歳以上、十四歳以下の者は勝手に立ち退くべしとの指示が出され、その他の藩士には猪苗代に謹慎の命が下された。城外で戦っていた藩士は、塩川村にて謹慎とのことだった。

「母上と義姉《あね》上、それに峰は、とりあえず青木村のはつのところを頼ってくださいませ」

八重は、山本家に長年仕えていた女中の名を出した。

「叔母上は、どうなさるのですか」

「私はこのひと月、山本三郎として戦ってきたのです。したがって、このまま猪苗代にまいります」

八重が峰に応えると、宇良がぎょっとした顔になった。

「そんな……。そこまでなさらなくても。謹慎とはいうものの、猪苗代へ行ったら、どのような目に遭わされるかわかりませんよ」

「かまいません。もう決めたことです」

「八重殿は、男並みに戦ってこられた。それで充分ではないですか」

「いいえ。せっかくこうして三郎の形見を身に着けているのです。最後の最後まで、まっとうさせてください」

八重は、宇良からさくへと目を転じて頭を下げた。

「やはりね。きっと、そう言い出すと思っておりました」

さくが吐息まじりにつぶやいた。

「宇良殿。八重は、一度こうと決めたら、とことん貫かねば気が済まぬ性分。好きにさせてやりましょう」

「ありがとう存じます。何とぞ、御達者で」

もう一度がばと頭を下げるなり、八重は猪苗代へ向かう藩士の列に加わった。

人別検《にんべつあらた》めをする敵方の前で、八重は無言で「砲術師範役山本権八　次男　三郎」と記した上衿の裏を見せた。幸い、女と見破られることはなかった。尾羽打ち枯らした会津藩士の群れは、陸続と城を後にした。

焼け野が原の郭内を出た一行、三千二百名あまりは、北へ北へと歩を進める。竹子が敵の銃弾に斃れた涙橋とは別の方角だ。

しばらくすると、胸が悪くなるほどのひどい臭いが鼻を打った。汗と埃と硝煙にまみれた藩士たちの体臭とは異なるものだ。

死臭だった。

道端のあちこちに、戦死した会津兵の遺体が打ち捨てられていた。首級のない者、小刀が腹に突き刺さったままの者、眉間を撃ち抜かれている者、後ろ頭に脳漿《のうしょう》をこびりつかせてうつ伏せる者……。打ち捨てられているだけではない。両目をくり抜かれている遺体や、衣類を剝がれ、局部を切り取られている遺体まであった。

その無惨な様にそらしたくなる目を無理に見開いて、八重はあたりを見回した。戦死した者が一人も出なかったわけはなかろうに、敵方の遺体はひとつも見当たらない。

おのれらの戦死者のみ葬って、会津兵の遺体は捨て置く上に、死者を冒瀆するこの所業。武士の風上にも置けぬどころか、野人と呼ぶさえもったいないわ。

赤黒い怒りの炎が、腹の底で猛烈に噴き上がった。

と、そのとき、道の脇で八重たちを見物していた敵方の兵が高笑いの声を上げた。

「悪あがきの果てにこのざまでは、御先祖様もさぞかし喜んでいなさるだろうよ」

「頑固が高じて、会津《あいづ》降人《こうじん》の生き恥さらしだものなあ」

口々に罵られて、腹の底がさらに煮え滾《たぎ》った。八重の隣にいた藩士が、声の主を睨みつけた。

「足を止めてはなりませぬ」

護衛についている米沢藩士が、低くささやいた。

「会津の殿さんにあげたい物は」

敵方の兵の一人が歌い出し、数人がそれに続いた。

「会津の殿さんにあげたい物は白木の三方に九寸五分」

会津藩主・松平容保に切腹せよと迫る歌だった。八重たち会津藩士が暗涙《あんるい》を呑む中、歌声はますます膨らんでいく。

「会津の殿さんにあげたい物は白木の三方に九寸五分　白木の三方に九寸五分」

「黙らっしゃいッ。人非人の奸賊どもめが」

気がついたときには怒鳴りつけていた。

「あっ。女郎《めろう》がいる」

「まさか」

「間違いない。あれは女郎の声だ」

敵方の兵がざわめき立ち、八重を探し出そうと躍起になる。見つけられてはならじと、八重は隊列の右に転じ、左に移って身を紛らわせた。八重が女だったと気づいて目を丸くする者もいれば、小さく首を振る者もおり、籠城初日にともに夜襲に出た隊長の山田新左エ門のように、さりげなく八重の身体を隠してくれる者もいた。

「八重。八重ではないか」

繁之助に呼びかけられたのは、日橋川を渡ったときだった。

敵に見つからぬよう隊列の中を泳いでいた八重は、唇に人差し指をあてて、そっと繁之助に並んだ。開城の混乱で散り散りになっていたために、繁之助の顔を見るのは三日ぶりだ。

「お前、なぜ」

「私はすなわち三郎にございますれば」

ささやくように応えた。

「あなたこそ、なぜ。江戸から来た火消や郡上藩の凌霜隊は、国許に戻りましたよ」

「わしはこれでも、御近習分限帳《ごきんじゆうぶげんちよう》に名を記していただいておる、れっきとした会津藩士ぞ」

「今は昔でございます。あなたは、会津にも、山本家にもよう尽くしてくださいました。あなたを会津に招いた兄も、きっと草葉の陰で手を合わせているに違いありません。かくなる上は、どうぞ生国《しようごく》の出石《いずし》にお帰りくださいませ」

「何を申す」

繁之助が憮然とした顔を向けた。

「会津降人と蔑まれるまでになったのです。この先は、よほどの艱難辛苦《かんなんしんく》が待ち受けておりましょう。どうか、私のことも、山本家のことも今日かぎりお忘れください」

繁之助には、情愛こそ感じなかったものの、感謝の念は抱いている。それだけに、これ以上会津に殉じてもらうのは忍びなかった。

「あなたは所詮、他国者。本日ただ今をもって、私どもとは無縁の方にございます」

「……馬鹿な」

繁之助がつぶやくと同時に、八重は身を翻した。

右手には群青《ぐんじょう》の水をたたえた猪苗代湖が広がり、左手を仰げば、磐梯山が悠々たる姿でそびえていた。

猪苗代に到着した後の人別検めは、念入りに行われた。ここでも無言を貫くつもりで、八重は唇を一文字に結んだ。

会津藩士の一人一人が役職と姓名と生まれ年を申し出て、敵方の係の者がそれを書きつける。隊列が、じりじりと前へ進む。鼓動が次第に高鳴っていく。

「次の者」

ついに八重の番が来た。

城を出るときと同様に上衿の裏を見せようと、八重がそこに指を伸ばしたとき、係の者の手が胸元に差し入れられた。

「何をするッ」

「こやつです」

八重の声と係の者のそれが重なった。

「やはり女郎《めろう》が紛れ込んでおりました」

係の者が陣屋の奥に向かって叫んだ。

「女郎ではあらぬ。私は山本三郎」

「連れてまいれ」

八重の言葉は陣屋の奥から響く声に遮られ、係の者が八重の肩を小突く。

「手荒な真似はよしなされ」

八重の後ろに並んでいた会津藩士が言うと、係の者がせせら笑った。

「会津降人の分際で生意気を吐《ぬ》かすものよ」

「女郎の力を借りてさえ敗れた腑抜けのくせにのう」

別の敵方が尻馬に乗った。

「申し訳ございませせぬ」

八重は、かばってくれた会津藩士に頭を下げた。その腕が、ぐいと摑まれた。

曳き立てられていった陣屋の奥には、いやに顎の張った男が、大股を開いて椅子に腰かけていた。

「そこへ直れ」

突き飛ばされてたたらを踏んだけれど、八重は膝を屈めはしなかった。

「無礼者。軍監の長沢様の御前ぞ」

怒鳴られても微動だにしない。

長沢が、目の前に突っ立っている八重を粘りつくような目で見上げ、見下ろした。

「貴様が我らの慰み者になりたいという女郎か」

「汚らわしい。たわけたことを申すな」

八重は長沢をぎりりと睨みつけた。

「いかに男を装おうとも、女郎は女郎。ここまでついて来るとは、辱めを受くる覚悟あっての上であろう」

「さような目に遭うくらいなら、この場で舌を嚙み切るのみ」

「されど、野戦を続けてまいった雑兵たちは、血のにおいに酔い、女に飢えきっておる。屍《しかばね》とて遠慮のう犯すに違いないわ」

粘りつく目が八重の眉間に据えられた。八重は丹田《たんでん》に力を込めて、それを撥ね返す。

「気丈なおなごじゃのう。貴様、いっそわしの手かけにならぬか」

にやりと笑う顔に唾を吐きかけた。その八重に向かって、長沢の下役が一斉に踏み出してくる。

長沢は、手のひらで下役を制しておいて、額を濡らす八重の唾をゆっくり拭った。

「敗残の兵に混じるというのは、かようなことじゃ。たとえ、どれほど同志が庇いだてしようとも、いずれ血涙をしぼる破目となる」

長沢の目の色が徐々に変わっていく。

外の人声が、やけに耳に響く。

八重は足を踏ん張って、息を詰めていた。

「察するところ、そなたは並の男よりも勇猛な働きをしてまいったのであろう。その苦労がこれ以上踏みにじられぬよう、今のうちに城下へ戻られよ」

静かに言う長沢の目をじっと見つめた。長沢が八重を見つめ返して、まばたきでうなずいた。

女であることが口惜しかった。惨めだった。しかしながら、胸の奥深いところが、ほの温かかった。

威儀を正して長沢に一礼し、八重はさっと踵を返した。

朽ちた祠《ほこら》に潜り込んで夜露をしのぎ、夜明けとともに会津若松を目指した。磐梯下ろしの風が、頬を刺す。草鞋《わらじ》がけのつま先が、凍えてかじかむ。

歩きはじめは、道端に横たわる戦死者にいちいち合掌していたのが、いつしか目礼だけになってしまった。蹂躙《じゅうりん》された遺体を見ても、あの赤黒い怒りの炎は、もう噴き上がらない。心というものを猪苗代に置き忘れてしまったかのようだった。

敵の姿が目に入るたびに、一里塚の榎の陰に身を隠したり、道端に転がる遺体の間にうつ伏せたりしながら、昨日の道を逆に辿る。ふと振り返ると、磐梯山の頂は分厚い雲を被っていた。

母上たちに会ったら、どんな顔をすれば良いのでしょう。

雲の彼方に浮かぶ竹子の面影に問いかけてみるけれど、ひっそりとした微笑みが返って来るだけだった。

城下に入ると、方々に市が立っていた。そこには、大小の刀や懐剣、掛軸や能面や骨董らしき壺や茶碗、漆塗りの高脚膳、縮緬《ちりめん》の小袖や唐織の帯等々が並べられていた。どう見ても、武家屋敷から盗み出してきた物ばかりだ。拝領の品か、はたまた城から持ち出されたのか、会津葵の紋が入った蒔絵の料紙箱や文台もある。

それらを商っているのは、身なりや言葉つきからして敵方の兵だ。客の大半も敵方の兵だったが、中には、奪われた品を探しているらしく、血眼で物色している会津藩士の家族とおぼしき女たちもいた。

「どけ、どけーッ」

虚ろな目で市を眺めていた八重は、そのだみ声と蹄の音に思わず飛び退いた。

腹の両側に、銅の薬缶や湯沸しや鍋を大量に括り付けられた駄馬が、目の前を南の方角へ走り抜けていく。馬上で鞭を振るう男もまた、敵方の兵だった。

銅製の品々も、ほぼ間違いなく武家屋敷から盗み出されたものだ。それらは、おそらく他国で売られるのだろう。

何もかも奪われる。家宝も着物も家財道具も、誇りも意地も志も、何もかも……。

昨日、長沢が言った「敗残」という言葉が耳にこだましていた。八重は、霙《みぞれ》でも降り出しそうな空の下を再びとぼとぼと歩き出した。

心を置き忘れてきても、足はおのずと涙橋に向かっていた。

涙橋の周辺にも、おびただしい遺体が打ち捨てられていた。むろん、みな会津勢のものだ。

敵方の兵が、松平容保に切腹を迫る歌を声高らかに歌いながら、土煙を蹴立てて行き交う。その傍らを遅れて城を出てきたらしい会津藩士の家族たちが、一様にうつむいてそそくさと行き過ぎる。萌黄や赤の頭巾を着けた敵方の兵の前では、潮垂れた身なりの会津藩士の家族が、よりいっそう哀れに見えた。

竹子さん。あなたの最期の地は、こんな有様になりました。戦に負けるというのは、こういうことなのですね。

八重は、橋の袂でひたと手を合わせた。

川面を渡る風が、切下げにした髪を揺らした。

足の赴くままに郭内に入ると、変わり果てた姿の天守閣が目に映った。戦いの末期、満身創痍となってもなお八重たちを鼓舞した天守閣は、今や見る影もない。あたりの寺の築地塀《ついじ》にも、神社の鳥居にも、無数の弾痕が刻まれていた。硝煙のにおいが生々しく蘇った。

ここでは、これまた色あざやかな頭巾を着けた無数の敵方の兵が、我が物顔で辻々を固めていた。

それらの光景を見たいとも思わないのに、八重はどうしても引き返せない。まるで、目に映るすべてを胸に刻みつけておけ、と本能が命じているようだった。

あてもなく歩き回り、日新館のあった場所に差しかかったとき、三人連れの武士とすれ違った。傍若無人な敵方でもなければ、当然ながら会津藩士でもない。行き過ぎてから、何やら気にかかって振り返ると、三人のうちの一人がこちらを振り向いていた。

以前にも会ったことが……。

思った瞬間、はっとひらめいた。

相手も、眉を開いて八重のもとへ駆け戻って来る。米沢藩士の内藤新一郎だった。

「山本八重殿にござりまするな。覚馬殿の妹御の」

「さようにございます。御無沙汰いたしておりました」

内藤は、かつて覚馬に砲術を習いに会津に来ており、八重たち山本家の家族とも何度か食事を共にしたことがある。

あれはまだ、繁之助が山本家に婿養子入りする前だった。覚馬のところへは、各藩から入れ代わり立ち代わり砲術を学びに来る者たちがいた。講義が終われば、覚馬は、国許を離れて侘しい思いをしているはずだからと、たびたび彼らを屋敷に連れてきて夕餉をふるまった。覚馬と父と彼らが酒を酌み交わし、幼かった三郎も一人前の顔で座に連なる。母と宇良は女中を采配して、ざくざく煮やこづゆや鯉の甘煮や鰊《にしん》の山椒漬など、古くから会津に伝わる料理を用意し、八重は峰の守をしつつ、酒の燗をつけたり、客に肴を配ったりしたものだ。

二度と帰り来ぬ日々の何と温かく満ち足りていたことか。

八重の胸がせつなく疼いた。

「まこと、お懐かしい」

内藤が独りごちるようにつぶやいた。

「その節は、大変お世話になり申した。八重殿には、よくぞ御無事で」

内藤に問われるままに、八重は、覚馬が鳥羽伏見の戦の際に薩摩兵に捕らえられ、四条河原で処刑されたことや、三郎も江戸に戻る船中で落命したこと、父は九月十七日の一ノ堰の戦いで戦死したことを伝えた。

「さようでござったか」

内藤はちょっと喉を詰まらせ、小さく咳払いした。

「覚馬殿は頭脳明晰、学識豊かであるのみならず、情に篤い武士の中の武士にございました。三郎殿は利発な上にどことのう愛嬌があり、お父上は泰然自若とした温厚な方でおられましたのう。……我ら米沢藩が持ちこたえきれず、先に軍門に降《くだ》ったこと、さぞかしお恨みでしょうな」

「いいえ。それも時の運。致し方ございません」

本音だった。八重は、薩長を深く恨みこそすれ、会津と同盟を組んでいた米沢をはじめとする各藩には、ひとかけらの恨みもない。そもそも、米沢藩主の上杉斉憲《なりのり》は、三月半ば過ぎに奥羽鎮撫総督が仙台藩などに対して会津討伐の命を下して以来、会津の窮状を救おうとずいぶん奔走してくれたのだ。

「ここで出くわしたのも御縁の深い証と存ずる。八重殿、先々お困りのことがあらば、米沢の内藤を思い出してくだされ。どうか遠慮のう拙者を頼ってくだされ」

「それは、ありがたきお申し出にございますが」

「決して空言ではござらぬぞ。覚馬殿に何の御恩返しもできなんだぶん、せめて八重殿と御母上や宇良殿や峰殿に。これは拙者からの頼みにござる」

内藤は、八重の手を取らんばかりに畳みかけた。

「忝う存じます。内藤様のお言葉、兄も喜んでいるに違いありません」

八重が頭を下げるところへ、内藤の連れが彼の名を呼んだ。

「では、これにて御免」

いったん歩き出した内藤は、八重を振り返り「くれぐれも遠慮は御無用にて」と念押しして、連れのもとに戻っていった。

これはきっと兄上の計らいだ。兄上が、内藤様に出逢うよう導いてくれたのだ。

そう思いながら、内藤たちの姿が通りの果てに消えるまで、八重はその場で見送った。


重い足を引きずって、青木村のはつの実家《さと》に着く頃には、晩秋の陽はとっぷり暮れていた。

「叔母上ッ」

峰が涙をあふれさせて抱きついて来た。

「よう戻られた」

さくも目を潤ませ、宇良は口元を手で覆って肩を大きく喘がせる。三人とも継ぎのあたった木綿の着物に身を包んでいた。

「ちょうど良いところへおいでなさった」

言葉のわりには気まずげな顔で、はつが言った。

「姉《ねっ》ちゃが長年お世話になりながら、申し訳ながんすが」

おどおどと口をはさんだのは、はつの弟の二郎平《じろべえ》だ。

「お前たちのせいではありませんよ」

さくが、はつと二郎平をなだめるように言って、八重に向き直る。

「聞くところによると、私たちを匿った家は、敵方からきついお咎めを受けるそうなのです。それで二郎平が、昔使っていた炭焼き小屋に移って欲しい、と。今夜のうちに、そちらへ行こうと話していた矢先だったのですよ」

「そうでしたか。彼奴《きゃっ》らは、そこまで……」

唇を噛むものの、いずれにせよ、見るからに狭いこの家に四人も厄介になるのは、到底難しいと思われた。何しろ、小さな囲炉裏端で這いつくばっている二郎平の嫁の傍らでは、男女合わせて五人の子供が、いじけたような目つきで八重を見上げているのだ。

「では、さっそくまいりましょう」

「えっ。草鞋も解かずにですか」

はつが素っ頓狂な声を上げた。

「お前たちに万が一のことがあっては後生が悪い。急ぐに越したことはありません」

八重は、はつにうなずき、子供らに向かって微笑みかけた。

敵方に見つからぬよう提灯も持たずに、二郎平に先導されて山道を登った。鼻をつままれてもわからぬ闇とは、このことだ。

足をもつれさせたのか、宇良が小さな悲鳴を上げる。さくが荒い息をついている。

「二郎平、義姉上の手を引いてやっておくれ。母上は、私の手に摑まってくださいませ。それから、峰は私の袖を握りなさい」

自分自身を励ますように、八重はてきぱきとみなに告げた。

そうしてどれくらい歩いただろう。二郎平が足を止めたときには、八重の息さえ上がりそうになっていた。

「こったら粗末な小屋で申し訳ながんす」

ぺこぺこと頭を下げた二郎平は、逃げるように帰っていった。

黴の臭いが鼻をついた。隙間風が吹き荒れていた。土間に筵を敷いて身を寄せ合った八重たちは、まんじりともせずに夜明けを迎えた。

朝になってあらためて見回すと、そこは、いつ崩れ落ちてもおかしくない廃屋だった。が、背に腹は代えられない。疲れ切った身体を休める間もなく、八重は二郎平から木端と藁をわけてもらって、せっせと小屋を修繕し、寒さをしのぐ寝床を拵えた。

ねぐらとも呼べない代物だ。田畑を耕す馬のほうが、もっとましなところで暮らしているに違いない。けれど、籠城中のことを思えばこれでも恵まれている。城にこもって戦っていた間は、横になるのもままならず、なれたとしても畳を剝がした板の上で、かける蒲団もなく寒さに震えていたものだった。

雨露と寒さをしのげるだけでもありがたいし、もはや砲弾が飛び込んでくる心配もない。

「上等、上等」

八重は一人ひそかにつぶやいた。

八重と合流できて一気に気が緩んだのか、さくたちは、日がな一日小屋の隅にぼんやり座っていた。はつが運んできてくれる握り飯にも、ほとんど手をつけない。夜になれば、三人三様に、ひどくうなされたり、悲鳴を上げて跳ね起きたり、眠りながらすすり泣いていたりする。そのたびに八重は、戦の爪痕の深さを思い知らされるのだった。

そんな日をいくつか数えたある日、はつが息せき切って小屋にやって来た。会津藩士の家族を匿った者が処罰されるというのは戦のさなかの話で、今はお構いなしだというのだ。

「それに、官軍は、会津の御武家様一人につき一日三合の玄米と銭二百文くだされると聞きましたです」

はつが敵方を官軍と呼んだことが癇に障ったが、目くじら立てている場合ではない。

「よもや罠ではないだろうね」

「肝煎《きもいり》さんのところに身を寄せている、御武家様の奥様がそうおっしゃっていたとのことですから、たぶん大丈夫だと」

「はっ。悪いが、お前の野良着と猿袴を貸しておくれ」

念のため農婦に身をやつし、八重は、会津では肝煎と呼ぶ庄屋の屋敷に向かった。はつが聞いてきた話は本当だった。

山を下りたついでに、小田村、井出村、宮田村と近在を歩き回った。搗《つ》き減りする三合の玄米と二百文の金では、命をつなぐのが精一杯だし、あの炭焼き小屋では、とても冬は越せない。一日も早く、家族四人が住める家と仕事を探さなければならなかった。けれど、ここぞと思う屋敷は、すでに縁故を頼ってきた会津藩士の家族でいっぱいで、納屋や馬小屋までもふさがっている始末だ。入城初日に髪を切ってくれた高木時尾や、中野こう子、優子母娘に再会できたのは良かったものの、耳に入って来るのは、聞くだに辛い藩士たちの末期《まつご》だった。

八重が銃の扱い方を教えた隣家の伊東悌次郎たち白虎隊士二十名は、戸ノ口原で敗れて飯盛山にたどり着いたものの、城下が炎に包まれ、城も天守閣も黒煙に覆われているのを見下ろして、もはやこれまで、と自害。十九名が死亡し、奇跡的に一名が命を取りとめた。また、国家老の西郷頼母邸では、籠城の妨げになることを潔しとせず、妻の千重子、母の律子など家族九名に親戚を加えた二十一名が自刃、ほかにも沼沢出雲の家族や西郷刑部の家族など、一家うち揃って自刃した人は数知れない。

そして、八重と竹子の師であった黒河内伝五郎も。ほとんど盲目に近くなっていた黒河内は、越後口で重傷を負い、屋敷で静養していた次男の百次郎を介錯した後、自らも切腹したのだと聞かされた。

黒河内先生ほどの達人が、敵の前に立つのを諦めねばならなかったとは、どれほど悔しく歯がゆかったことだろう。

八重は、畦道の途中にふと佇む。

厳しい師であった。

あれはまだ、八重が十五の春だった。黒河内の門下に入って二年が経っても、八重は「何ゆえ相手を見極めぬ」とか「勝を急ぐでない」などと叱られてばかりいた。その日も、黒河内は「何度同じことを言わせるッ」と声を荒立てた。

「覚馬には天賦の才があったというに」

呆れたようなつぶやきに、八重はきっと師を振り仰いだ。

「妹の私には才がない、とおっしゃるのでございますか」

「あらぬのう」

はっきり言われて、肩を落とした。

「したがお主には、気骨というものがある。それも、とびきり太い気骨がな」

「気骨、ですか」

「さよう。いわば精神の背骨じゃ。それに罅《ひび》が入らぬかぎり、お主はいずれ、ひとかどの者になれるであろう」

黒河内は、そう言って目の隅に微笑をにじませたのだった。

厳しくも優しい、かけがえのない師であった。

今時分、竹子は黄泉《よみ》の国で黒河内に稽古をつけてもらっているかもしれない。

そんなふうに思うと、竹子が少し羨ましかった。

されど、生き残ったかぎりは、どんなに生き恥をさらそうとも、生き抜かなければ。男手がなくなった今となっては、私が山本家を支えなければ……。

ここでだめなら、いっそ湯川村や塩川村あたりまで足を延ばそうと決めて、八重は御山《おやま》村に向かった。

覚悟はしていたものの、村に入って最初に出逢った農夫に訊ねると、果たせるかな彼は胸の前で大きく手を振った。

「申し訳ながんすが、ここらはもう手一杯だべ。肝煎さんの屋敷からして、戦が起きた日から、元御旗奉行様だか町奉行様だかの御家族を七人も世話してるだでな」

それを聞いて、はっとした。おそらく、八重の幼馴染である日向《ひなた》ユキとその家族だ。

八重は、北御山にあるという肝煎の伝吉の屋敷を教えてもらって、そちらへ足を急がせた。

伝吉のところにいたのは、やはりユキだった。六歳年下のユキは、八重にとって妹にも等しい幼馴染だ。

「八重様」

つぶやいたきり、ユキは声を詰まらせる。富士額の下の大きな目に、涙が盛り上がっていた。

「ユキさん。……無事で良かった」

八重は思わずユキの手を取った。その細い指先は冷えきっていた。

「ずっとこちらで世話になっていたのですってね」

「はい。早鐘が鳴ったあの日、御城へ駆けつけたときにはすでに城門が閉じられておりまして」

「ここへたどり着くまで、大変だったでしょう」

こくりとうなずく仕草は、幼いときと変わらない。

「祖母と継母《はは》と、下の弟二人と妹とで、弾丸《たま》の下をかいくぐりつつ方々をさまよい歩きました。継母は薙刀を携え、懐剣を懐にして、勇ましい姿で家を出たのですが、重さと雨のせいで途中で歩けなくなりまして、大小を帯びた若党に大小を預けたくらいです」

「新三郎殿は」

「城中で熱病にかかったとかで可哀想な有様となって出てきましたが、今はここで厄介先に入城して荷物番をしていたがために、十かそこらで家族と離れて籠城していた新三郎が、ユキたちと一緒にいるとわかって八重は安堵の息をついた。

「八重様は今どちらに」

「青木村に身を寄せています。兄と弟に続き、父も一ノ堰村で戦死し、夫とは離別しましたので、女ばかり四人となりました」

「そうでしたか。我が家も、八月二十三日に乗馬で出陣した父は、その日のうちに深手を負って果てたらしいということだけで、どこで戦死したものかわからず、兄の新太郎も飯寺のあたりで戦死したと聞きました。父も兄も、首級は見つかっておりません」

「伯母上の千重子様は、入城ならさずに自害なさったのでしたね」

家族と親戚の計二十一名が自刃した西郷頼母の妻千重子は、ユキにとって生母の姉だった。

「なよ竹の風にまかする身ながらも　たわまぬ節《ふし》はありとこそきけ……これが伯母の辞世だったそうです」

ユキは人差し指で目元を拭って、背筋を正した。

「八重様、私もたわまぬ節でありたい、と思うております。幸い、伝吉は敵方の脅しにも屈せず私どもを匿ってくれたばかりか、世の中が落ち着くまでここにいるようにと勧めてくれています。その言葉に甘えて、私は、何としてでも父と兄の首級を探し出して菩提寺に眠らせて差し上げるつもりです」

西郷千重子の姪にふさわしい強いまなざしだった。いかにも会津の娘らしい、信念をたたえたまなざしだ。

「私はしばらくこちらにおりますから、たまにはお顔を見せてくださいね」

「ええ。そうしますとも」

八重は、ユキに力づけられた思いで、伝吉の屋敷を後にした。それから来る日も来る日も、家族の住処となる場所を粘り強く探し歩いた。

炭焼小屋の周りの木々がすっかり葉を落とした頃、八重はようやく近在の農家の蔵を借りることができた。

十二月に入って、滝沢村の妙国寺に謹慎となっていた松平容保と喜徳父子は、江戸から東京と名を変えた都に送られ、とりあえず容保は鳥取藩池田邸に、喜徳は久留米藩有馬邸に幽閉される運びとなった。

さくが憂い顔を見せたのは、明日が容保父子の出立と迫った夜だった。

「いったい、どうしたものでしょうねえ」

「やはり、お見送りするほうがよろしゅうございましょう」

宇良が針を持つ手を止めずに応えた。この二人、八重が農家の手伝いをしていた昼のうちから、同じやりとりを繰り返していたらしい。

「江戸、いえ、東京で下される処罰によっては、これが殿様の御尊顔を拝する最後となるやもしれません」

「縁起でもない」

八重は思わずきつい目を宇良に向けた。

「八重殿は、どうなさるおつもり」

さして気にするふうもなく、宇良が訊ねてくる。

「私はまいりません。万々一にも殿様を奪還されてはならぬ、と警備は厳重を極めるでしょうし、痛くもない腹を探られては、とどのつまりは殿様に御迷惑をおかけする破目になりますゆえ」

「藩士たちは猪苗代や塩川村で謹慎させられているのですよ。お見送りするのは、非力な女子供や領民たち。殿様を奪い返すなどとは、及びもつかないではありませんか」

「たとえ奪還を疑われずとも、家臣の家族や領民たちが沿道に大勢詰めかけたら、いかが相成るでしょうか」

「それは、あちらの連中とて、殿様がいかに多くの人々に慕われていたか、思い知るに違いありません。良い機会ですよ」

宇良はもっともなことを訊くなとばかりに、ちょっとむきになって応えた。

「本当に良い機会といえるでしょうか。かえって反感を抱くのではありませんか」

「それは、あり得ますねえ」

八重の言葉を引取って、さくがみなを見回した。

「これからこの地を治めようと意気込んでいる連中の目前で、大勢の人々が殿様との別れを惜しむ。それは、連中にとって、さだめし胸糞悪いことでしょう」

「母上も、そのように思われますか」

「ええ。そして、妬《ねた》みや嫉《そね》みほど恐ろしいものはない、と。敵方がひどく妬んだり嫉んだりするくらいに、殿様が会津の皆々に慕われているのは、間違いないのですからね」

最後は峰に語りかける態を装ったさくから、宇良がそっと目をそらした。

「それに、畏れ多いことながら、もしも私が殿様のお立場なら」

八重はいったん口をつぐんで、虚空を見据えた。

「泣きの涙で見送る家臣の家族や領民たちを心底愛《う》いと思う一方で、罪人として領地を離れる己の姿を見られるのは、骨肉を切り刻まれるより辛いはず。願わくば、沿道のすぐ傍らで働く百姓でさえ、移送の列が目に入らぬ顔で畑仕事を続けて欲しいと、そう思うような気がいたします」

「なるほど。言われてみれば、そうですね。恥ずかしながら、私は殿様のお気持まで慮《おもんぱか》っておりませんでした。明日はここで、ひたすら殿様の御無事をお祈りすることといたしましょう」

さくが、噛みしめるような口調で言った。

明くる日、八重たち山本家の家族は、先祖代々仕えてきた会津松平家の当主を心の中で見送った。

その年のうちに、新政府が容保父子に死一等を免じて有馬家に永預けとする旨を申し渡したとの報が届いた。これで少しは心安らかに新年を迎えられる、と喜んだのも束の間、明けて明治二年正月には、猪苗代に謹慎中だった会津藩士は信州松代藩に、塩川村に謹慎していた藩士は越後高田藩に永預けとの沙汰が下される。

八重の夫であった繁之助は、おそらくすでに生国の出石に帰ったものと思われた。繁之助には、もはや会津藩に義理立てするいわれはないし、こざかしいところがあるぶんだけ、割り切りのいい男だ。今となれば、繁之助と夫婦であったことが、遠い夢か幻のような気がする。繁之助が会津藩士であったことさえも。

猪苗代と塩川村で謹慎の身となっていた、合わせて四千七百余名の藩士が出立する日は、朝から雪となった。どのような理由があったものか、松代藩預けになるはずだった藩士たちは、東京送りに変更されていた。藩士の家族たちは、これから先の不安に怯え、寒さに身を震わせながら、夫や父や兄弟が移送されていくのを見送った。

先の戦で新政府と闘った奥羽諸藩は、いずれも領地を減らされるなどの処分を受けた。だが、城も領地も没収された上に、藩主から藩士まですべてが謹慎の厳罰を受けたのは、会津藩ただ一藩のみであった。

二

「言い伝えというのは、やはり徒《あだ》や疎《おろそ》かにはできないものですねえ」

八重の顔を見るなり、ユキがしみじみと言った。

ひときわ寒さが沁みる冬を耐え、ようやく迎えた春の陽差しに誘われて、八重はユキを訪ねて来たところだ。

「何があったのですか」

「少し長くなりますから、こちらへ」

八重とユキは、庭先の床几《しょうぎ》に並んで腰かけた。

「父の遺骨が見つかったのです。それから兄も。父は、大町口の郭門のあたりで戦っていたと聞きましたので、私は雪解けを待って、祖母の実家《さと》の加須屋の庭に行ってみました。加須屋の家は、大町口の郭門から三町と離れておりませんから、深手を負った父が切腹するならそこしかないと見当をつけたのでした」

「図星だったのですね」

「まさしく。庭の裏の竹藪に分け入りますと、我が家の紋のついた羽二重の小袖と見覚えのある野袴が見つかりました。慌てて棒きれで寄せてみましたら、上顎とおぼしき骨が出て来たのです。胸が逸るのを抑えつつ、私はじっと目を凝らしました。上の前歯が重なっていて、父の特徴と合っています。急いで御山に継母を迎えに来て、加須屋の家に取って返して継母に見せますと、間違いなかろうと申します。そこで、身内の者の血を骨につけるとよく滲むという言い伝えを思い出しました」

ユキが言うのは確か、宋の書『洗冤録《せんえんろく》』に記された滴血ノ法だったはずだ。ユキは幼い頃から落ち着きのある賢い娘だったが、よくぞその場でそれを思い出したものだ。

「私が指先を切って、その骨に血をつけてみましたら、これがまあ、見事に滲み込むではありませんか。ほかの骨なら難しかったでしょうが、ちょうど父の特徴を示す前歯がついた上顎が見つかったのも、神仏のお引合せです。そうして私たちは、あたりの骨を大切に拾い集めて、菩提寺の浄光寺に父の遺骨を埋葬させてもらいました」

「それは不幸中の幸でしたね。御父上も今頃は、ゆっくり休まれていることでしょう。して、兄上はいずこで」

「兄の部下だった方が御家族に託《ことづ》けてくださった書状が届いたのは、つい先日でした。それによりますと、兄は九月八日の飯寺の戦にて、柳土手のほうに向かって発砲していたところ、腰を撃たれて立つこと叶わず、尻餅をついてなお射撃を続けておりましたが、次には肩を撃たれて発砲できなくなり、部下に介錯を命じたそうです。敵方が間近に迫る中、部下の方は致し方なく兄を介錯しました。その方は、敵に兄の首級を汚されてはならじと、兄の髪を咥《くわ》えて刈り残った田んぼに飛び込み、そのまま這って先まで進んで、稲束の中に兄の首級を隠してくれた上に、このことを村の者に託して、辛くもその場を逃れたと記されていました」

思い描くだに、壮絶な場面だった。ユキも肩で息をついていた。

「しかしながら、後に部下の方が兄の首級を託した村人のところへまいりますと、犬が稲束の中から兄の首級を見つけて引きずり出してきたので、扱いに困って近くの小川に流してしまった、と。それで継母と私は、その書状の地図にあった小川を浚《さら》い、ついに兄の首級を捜し出して、父の墓と並べて葬ったのです」

二十歳にもならぬユキが、この細い指で、ばらばらになった父親の遺骨をかき集め、川底に沈んだ兄の首級を捜し当てた。その執念にも似た懸命さを思うと、ユキがいじらしくて愛しくて、たまらなくなる。

「ユキさん、よくそこまで頑張りましたね。御父上も兄上も、きっとユキさんに感謝していらっしゃいますよ。ユキさんも伯母上に引けを取らぬ、たわまぬ節ですよ」

心からそう言うと、ユキは潤んだ目で八重を見つめてきた。

「申し訳ありませんが、ちょっと八重さんの胸を貸していただけますか」

「どうぞ」

ユキが、八重の胸に額を寄せると同時に、嗚咽《おえつ》を洩らし始めた。

三歳で生母を失くしたユキは、継母との折り合いが悪くはないとはいえ、四人の弟妹を抱えて気を張り詰め通してきたのに違いない。

八重は、波打つユキの背中をそっと撫で続けた。


とてつもない辛酸を重ねると、女はこれほどまでに老け込むものなのか。

八重は痛ましい思いで、宇良の横顔を盗み見た。八重より一回りほど上の宇良は、やつれにやつれて、本来の年より十あまりもいって見える。宇良だけではない。さくとて、眉間や口の脇に深い皺が刻まれ、髪は真っ白になって、どこから見ても古稀を過ぎた老婆だ。

籠城戦が始まったあの日から、間もなく一年になろうとしていた。

身体の弱い宇良と腰が悪いさくは、機織りや仕立の内職に精を出し、八重は畑仕事や道普請の手伝いをして手間賃を稼いだ。それでも、食べていくだけでぎりぎりだった。

肉刺《まめ》ができては潰れた八重の指や手のひらは、竹の節のように硬くなっていた。幼いなりに畑仕事の下働きをしている峰は、真っ黒に日焼けして、誰が見ても生まれつきの農家の娘だ。覚馬がそうしてくれたように峰に学問を教えてやりたくても、日が暮れれば昼間の疲れがどっと出て、八重も峰も、茶碗と箸を手にしたまま舟を漕ぐこともしょっちゅうだった。

「赤貧洗うがごとしと申しますが、いつまでこのような暮らしが続くのでしょうねぇ」

宇良が、すっかり口癖となった言葉をつぶやいた。

春過ぎまでは「いずれ冥加に恵まれますよ」と応えていたさくも、「今に何とかいたします」と肩に力を入れていた八重も、もはや何も言わずに黙り込む。

いつまで続くのか、と考えるのさえ億劫だった。貧すれば鈍するというのは、本当だ。滋養が頭にも心にも行き届かなくなる。一日一日を生き延びていくだけで、精根尽き果てる。

「種油がもったいない。もう休みましょう」

さくがしわがれた声で言った。

横になったものの、いつもと違って八重はなかなか寝付けなかった。

もうすぐ黒河内先生や竹子さんの一周忌。そして父上の……。

一カ月にわたるあの戦で、会津藩は二千五百名を超える戦死者を出した。その中には、二百名近い婦女子が含まれる。それらが人魂となって現れたなら、闇夜をさぞかし妖しく明るく照らすことだろう。

隣で軽い鼾《いびき》を立てていた峰が、大きく寝返りを打った。八重は、湿気臭い蒲団を目元まで引き上げた。

明治二年九月、旧会津藩に連なる者すべての悲願が叶い、御家再興が許された。とはいえ、松平容保は隠居を申し付けられ、生後半年にも満たぬ実子の容大《かたはる》が当主の座に就く。十一月には、陸奥南部藩領である斗南《となみ》三万石の封地が与えられて、容大は斗南藩知事に任ぜられた。そして、謹慎中の藩士四千七百名あまりは、翌年の正月をもって、容大に引き渡されたのだった。

二十三万石から、三万石。しかも遥か遠い北の果て……。

八重は呆然と天を仰いだ。

謹慎を解かれて東京や越後高田から引き揚げてくる藩士と、会津で彼らの帰りを待ちわびていた家族を合わせれば、膨大な数になる。それらの人々が、わずか三万石の新封地で暮らしていけるはずもなく、移住するか否かは各々の意思に任されることとなった。

「斗南へ行く者は、雪解けには出立とか。私たちは、いかがするのですか」

峰が、八重たちに訊いた。

「会津に居残っておれば、新政府の厳しい締め付けに遭うは必定」

さくが吐息まじりに応える。

「さりとて、斗南は会津から百里も北。お義母《かあ》様の腰では、船を使ったとて道中かなり難儀なさいますでしょうし、向こうへ着いたら着いたで、寒さはこちらの比ではないに違いありません。それに、いくら八重殿が力持ちでも、開墾は難しいのではありますまいか」

宇良の言うことは、いちいちもっともだった。

新封地について行ったところで、開墾の足手まといになっては元も子もない。

「本当に、どうすれば良いものやら」

八重には珍しく、弱気な言葉がこぼれ出た。

「この際、米沢の内藤様を頼ってはいかがでしょうか。八重殿がばったり遇《あ》われた折に、内藤様は、くれぐれも御遠慮なくとおっしゃったのでしょう」

「確かにそうですが、だからと言ってお言葉に甘えるのは、甚だ心苦しく思います」

「甘えさせていただいたとて、良いではありませんか。師と慕っていらした覚馬殿や我が家のもてなしに、恩義を感じてくださってのお申し出なのでしょうから」

それゆえにこそ、嫌なのだ。恩義に感じてくれているところに付け込むような真似はしたくなかった。

「もう少し考えてみます。あとしばらく時間をください」

今や八重が山本家の大黒柱だ。さくや宇良を上手く立てつつ、家族の行く末を熟慮して事を決めねばならない。肩に重くのしかかる荷を背負い、闇に閉ざされた道を何としてでも歩き続けていかねばならない。

いったい、どうしたものか……。

八重が思い悩むうちにも、容赦なく日は過ぎていった。

斗南へ赴く者、会津に残る者、そして東京に出て新しい人生を切り拓く者。旧会津藩士とその家族は、三通りに分かれる模様だった。日向ユキも高木時尾も中野こう子母娘も、生き残った家族と一緒に斗南へ赴く腹積もりを固めた、と先だって会ったときに言っていた。

斗南での開墾に加わるのは難しく、会津に留まって新政府の威圧を受けるのは断じて避けたい。しかしながら、知り人ひとりいない東京に出たとしても、老いたさくと病弱な宇良と明けてようやく九つになる峰を抱えた身では、世過ぎもままならぬのは目に見えている。

あなたなら、どうなさるのでしょうね。

竹子の面影に問いかけても、一向に答えは見つからなかった。

滅多にない客人が、隣村の肝煎の下男に案内されて八重たちの住まいを訪ねて来たのは、三月も半ばを過ぎた日だ。

「いやぁ、ずいぶん探しましたよ」

散切頭《ざんぎりあたま》に形を変えた内藤だった。

「御母上、宇良殿、お久しゅうございます。峰殿も大きゅうなられましたな」

人懐こい笑顔を見せた内藤は、案内してきた男に心付を握らせて引取らせた。

「私どもをお探しくださったのでございますか」

八重が座蒲団を勧めながら訊くと、内藤は八重をちょっと睨んだ。

「あれほど申し上げたのに、薄情ではござらぬか。今日か明日かとお待ちしつつ、拙者も米沢藩の始末に追われるうちに、一年半近くも経ってしまい申した。その間、みなさまの身をどれほど案じていたことか」

「恐れ入ります」

「それでも息災でいらしたようで、まずは一安心。わざわざ米沢からまいった甲斐がありまする」

「重ね重ね、申し訳ございません」

内藤の真心が伝わって来て、八重は素直に頭を下げた。

「いやはや、拙者のほうこそ相すまぬ。間に合うて良かったとほっとしたあまり、つい八重殿を責めるようなことを」

「間に合うた……」

「ようお聞きくだされや」

内藤は、八重たちをゆっくりと見回した。

「新政府の手前、ここでしか口にできぬが、斗南へなど行ってはなりませぬ。拙者が存知よりの八戸藩の者から聞いたところ、斗南は、火山灰に覆われた風雪厳しい荒地。その寒さと強風には、八戸育ちの者すらたじろぐほどだとか。しかも、新政府は斗南の石高を三万石と称しておるが、それは表向きで、実質は七千五百石も見込めぬらしい。いかんせん、地元の者さえ見向きもせぬ不毛の地じゃそうな」

「では、新政府は我らを謀《たばか》っておるのでございましょうか」

さくが力なく訊ねた。

「まことに申し上げ難きことなれど、御家再興を許されたものの、会津藩は流刑に処されたに等しい、と考えまする」

行くも地獄、留まるも地獄か。

八重が胸につぶやいたとき、峰がはっと顔を上げた。

「ぎん子さんに、お知らせしなければ」

斗南へ行く友のことだ。

「それはおよしなさい。内藤様は、ここでしか口にできぬ、とおっしゃったでしょう」

八重は、峰を低く諫《いさ》めた。

峰の気持は、わかりすぎるほどよくわかる。斗南行を決めたユキや時尾や中野母娘の行く手にどれほどの辛苦が待っているかと思えば、八重とて、せめて彼女たちだけには耳打ちしてやりたい。けれど、そのような真似をすれば、せっかくの内藤の厚意を無にすることになるのだ。

「ちと言葉が過ぎたかもしれませぬなあ」

内藤が、峰に気遣わしげな目を向けた。

「辛抱強さでは日の本一の会津藩士じゃ。たとえ不毛の地とて、いずれ立派に開墾なさるとは思いまする。されど、男手のない山本家の斗南行は、何が何でもお止めせねば、と急ぎ参上した次第」

「ありがとう存じます」

八重たちは、揃って深々と頭を下げた。

「しかしながら、実情を知って自分たちは斗南行をあきらめ、素知らぬ顔でほかの方々を斗南に送り出すのは、仁義にもとると思えてなりませぬ」

「いい加減にしなされッ」

内藤が八重を怒鳴りつけた。

「覚馬殿はいつぞや、八重はおなごのくせに痩せ我慢が過ぎる、ゆくゆくそれが祟《たた》らねばよいが、と仰せであった。まったく、その通りじゃ。仁義を通すは結構だが、ともかくにも、御自分たちの露命をつなぐのが先にござろう」

その剣幕に、さしもの八重も身をすくめる。

「武士は相身互い。そろそろ痩せ我慢はやめられて、みなさまで米沢においでくださされ」

さくが横目で八重を伺い、宇良がそっと八重の袖を引いた。

「ささやかなれど、お住まいの用意もしており申す。八重殿には、近隣の娘たちに学問や武芸を教えていただき、ご無礼ながら御母上と宇良殿には我が家の家うちを手伝うていただければ、とりあえずの暮らしは立ちましょう。いや、実は家うちの手伝いというは方便にて、拙者は御母上が昔よう御馳走してくださったざくざく煮をいただきとうて、うずうずしておりますのじゃ」

内藤の顔に、いたずら好きな少年のような笑みが浮かんだ。きらめく瞳が、八重の心の最後のとりでを崩した。

「内藤様の御厚情、まことに忝く、この胸に沁み入りましてございます。かくなる上は、お言葉に甘えさせていただきたく、何とぞよろしくお願い申し上げます」

こうして八重たちは、斗南へ赴く人々より一足先に、米沢へ向けて旅立つことになったのだった。ユキや時尾や中野母娘に別れの挨拶をしたかったが、やはり自分たちだけ難を逃れようとしているのが心苦しくてならず、顔を合わせることはできなかった。

ほんの二十里ほど北に来ただけなのに、米沢は会津よりもずいぶん寒かった。同じ盆地とはいえ、風のにおいも違うし、梅や桜が咲くのも会津に比べてかなり遅かったように思われた。端午の節句を過ぎても、朝夕は火鉢が恋しくなるほどだ。

米沢でこれなら、斗南の春は、さぞかし遅く訪れるに違いない。

八重は、薄雲のかかった月を見上げた。

時尾さんやユキさん、中野のこう子様や優子さんは、今頃どうしているだろう。無事に斗南へたどり着けただろうか。たどり着けたとしても、住まいや食べ物や着る物は……。どうにかして糊口の資を得てくれていれば良いが。

斗南へ向かった人々を思うとき、八重は、ひどく後ろめたい気分になる。

内藤家では、八重たちを離れに住まわせてくれていた。そこは、今は亡き新一郎の両親が隠居所として使っていたということだった。小さな玄関を上がれば、押入れと縁側のついた八畳が二間あるきりで、台所も厠も風呂も母屋で借りるしかないけれど、落城後の日々に比べれば格段に恵まれている。何しろ、さくと八重、宇良と峰の二組の母娘が、二つの座敷に分かれて手足を伸ばして休めるのだ。

内藤の妻のつゆ子は、とても口数の少ない地味な女だった。

とんだ厄介者を引き受ける破目になったと、陰でため息をついているのではなかろうか。

最初のうちは、そんなふうに危ぶんだものだが、近頃では、単にそういう性分なのだとわかってきた。峰より少し年上の二人の息子たちも、かなり無口なほうだ。

それでも「旦那様がお好きなざくざく煮の作り方をお教えくださいませ」などと、つゆ子が気を遣ってくれて、十日に一度ほど母屋で一緒に夕餉を囲む際には、兄の太一郎も弟の新二郎も「お婆様のざくざく煮、美味しゅうございます」とはにかんだような顔を見せる。その初々しさに触れるにつけ、八重は在りし日の三郎の幼い頃を思い出すのだった。

内藤が近隣の者に声をかけてくれて、さくは茶の湯と行儀作法、宇良は裁縫、八重は手習いと敷島の道と薙刀を教え、峰は弟子に混じってそれぞれの教えを受けた。むろん、さくも宇良も八重も、そして峰も、暇を盗んで母屋の手伝いもする。

「会津の巴御前が直にご指導くださいますぞ、と触れ回りましたゆえ、程なく大勢の弟子入り志願がやってまいりましょう」

内藤が明るい声でそう言ったとき、つゆ子は少し戸惑ったような顔をうつむけたものだ。

「巴御前とは、いささか大仰ではございませんか」

八重は、つゆ子も同じように感じているのだろうと思いながら、苦笑いした。

「内藤殿の御厚意に報いるためにも、老骨に鞭打って精一杯努めねば」

「お弟子さんが増えたら、どこかに手頃な家でも見つけて、家族水入らずの落ち着いた暮らしを手に入れられますね」

　さくと宇良は、夜ごとそのようなことを言い合っていた。

　しかし、弟子は当初やってきた二十人ほどから、なかなか増えなかった。それくらいの人数から得る謝儀では、爪に火を点すように倹約したところで蓄えもままならない。そうして、会津に劣らぬ蒸し暑い夏を迎え、足早に秋が来た。

「米沢の者は総じて内気なところがありますゆえ、教えを請いに来るにも時間がかかるのやもしれませぬ」

　内藤は、思うように弟子が増えぬことをそう慰めてくれたが、八重は内心少しずつ焦りを募らせていた。

「私どもの教えに、何か不備でもあるのでしょうか」

　家族だけになった折に首を傾げれば、さくもまた小首を傾げる。

「はて。さようなことはないと思いますがねえ。一所懸命にお教えしていれば、いずれ弟子が弟子を呼んでくれましょう」

「お言葉を返すようで心苦しいのですけれど、そのいずれが、いったいいつになるものやら。いつになったら、先行きが見えるのやら」

　宇良が眉間に皺を刻んで、深いため息をついた。そんな宇良の愚痴は、日ごとに増えていった。

「待てば海路の日和あり、ですよ。叔母上が昨日、お教えくださいました」

峰が気を引き立てるように言っても、宇良の眉間の皺は深くなるばかりだった。愚痴を重ねたところで、周りの者の気分まで暗くさせるだけなのに……。

八重は、つい宇良に苛立ってしまう。

つゆ子様が口数の少ない性分なら、義姉上は愚痴っぽい性分なのだ。それは、私が男勝りの性分に生まれついたのと同じく、本人にはいかんともしがたいこと。そんなふうに自分に言い聞かせなければ、険のある目つきを宇良に向けてしまいそうだった。

「少々よろしゅうございますか」

つゆ子の控えめな声を背中で聞いたのは、会津落城から二年になる頃だ。井戸端で洗濯をしていた八重は、冷え切った指を前掛で拭った。

つゆ子様のほうから私に話しかけてくださるのは、これが初めてではなかろうか。

軽い驚きを押し隠してつゆ子に向き直ると、つゆ子はもじもじと両手の指を絡めている。

「私、何かいけないことでもいたしましたか」

「いえ、そうではなくて、ちょっと八重様のお耳にだけでも、入れておいたほうが良いのではないかと」

つゆ子の頬がこわばっていた。

「どうぞ御遠慮なく、何なりとおっしゃってくださいませ」

「あの……戦の前は、いずこの藩も同じだったと存じますけれど、この米沢藩も困窮が続いておりまして」

つゆ子が何を言いたいのか、にわかには量りかねた。いつもの八重なら焦《じ》れるところだが、つゆ子が真剣に言葉を探しているのが伝わって来て、静かに先を待つ。

「藩士たちは、ずいぶん以前から大工や庭師などをして、町人から金子を得ては生計の助けとしてまいりました」

その言葉に、ひらめくものがあった。

八重は、弟子たちが「今日は家に大工様が来ている」とか「庭師様が入っている」などと言っているのを耳にして、米沢では職人に深い敬意を払うならわしなのだ、と感心したものだった。が、それは独り合点だったらしい。

「武士が職人の仕事もするゆえに、様をつけて呼ぶようになったのですね」

あえて確かめると、つゆ子の顔にほっとしたような色がにじんだ。

「おっしゃる通りです。そもそも米沢の石高は、会津より五万石低い十八万石。それが、先の戦の責めを負わされて、十四万七千石に減封されました。会津への仕置きに比べれば、大したことではないと思われるかもしれませんが……」

上目遣いを向けられて、八重は小さく首を振った。

「我が家の旦那様は、何事も良きほうへ考えられる気性ゆえ、さして気に留めておられないようですけれど、米沢の者たちの中には、はっきりとは口に出さねど、会津に同情したのが仇となったと考えておる者も」

「……会津を恨みに思うている方も、少なからずいらっしゃる。それで、弟子が増えないのだと」

胸がとどろいていた。声が震えそうだった。

「むろん、旦那様も私も、盟友たる会津を御助けしたは理の当然と考えておりますし、同じ思いの方も数多くおいでです。されど、人の心は様々ですゆえ」

「つゆ子様、よくぞお教えくださいました。さぞかし、お心を悩ませていらしたことでしょう。申し訳ございません」

「いいえ。私のほうこそ、嫌な話をお耳に入れてしまいまして」

深々と頭を下げる八重に、つゆ子が頭を下げ返す。

「この件は……」

「内藤様の前では、知らぬふりを通します。言い難いことを言ってくださり、ありがとう存じます。つゆ子様のお優しさ、心に沁みましてございます」

「弟子が増えずとも、どうぞ焦らずにいらしてくださいませ。私どものことは、本当の家族とお思いになって、くれぐれもお気兼ねなく」

つゆ子が楚々とした微笑を見せた。

その後ろ姿が母屋に戻っていくのを見送った途端、八重はへたり込みそうになった。

米沢は隣藩にして、三代藩主上杉綱勝《うえすぎつなかつ》の正室は初代会津藩主保科正之《ほしなまさゆき》の長女、十三代藩主で現藩知事である上杉茂憲《うえすぎもちのり》の正室は松平容保の妹、すなわち会津の親戚でもあった。鳥羽伏見の敗北の後、窮地に立たされた会津を救うべく率先して動いてくれたのは、そのような縁もあるゆえと思っていた。会津降伏に際して仲介役を果たしてくれたことについても、またしかり。「敵に塩を送る」との諺を生んだほど義を重んじる藩風の米沢なら、さもありなん、と。

敵の猛攻に遭って一足先に降伏したものの、米沢藩の人々は、最後の最後まで信義を貫かんとした会津藩に心を寄せてくれていると端から信じて疑わなかった。恨んだり憎んだりする相手は、会津藩の者と同様に、官軍を名乗る薩長方以外にないと思い込んでいたのだ。

浅はかだった。

井桁に両手をついて、ふらつく身体を支え、八重はぎゅっと唇を噛む。

つゆ子が言ったように、人の心は様々なのだ。会津の巻き添えを食った。会津があれほど頑固でなければ、米沢にまで累が及ぶ破目にはならなかったものを。そんなふうに会津を怨めしく思う人がいても、決して不思議ではない。

どれほど自分たちが正しくても……いや、正しいと信じているがゆえにこそ、周りの人々の気持や迷惑に気づかないこともある。今になって、それがわかるとは。

釣瓶に手を伸ばして水を汲んだ。その水でばしゃばしゃと顔を洗った。肌が切れるほど冷たい水に頰が痺れたけれど、襟元が濡れるのも構わずに八重は何度もそれを繰り返した。


自分たちを住まわせていることで、内藤家の人々が後ろ指をさされていることもあるかもしれなかった。しかし、今はここよりほかに生きる場所はない。せめてもの償いとして、この子たちには、私が学んできたすべてを精一杯教えさせてもらおう。

そんなふうに心を決めて、八重は居並ぶ弟子たちを見渡した。どの子も、きらきらと目を輝かせていた。どの子も等し並に愛おしかった。

竹子さん。いつかあなたが、赤岡様の甥御さんとの縁談を断ると決めたとき、赤岡様がお怒りになるようなら、あなたには我が家に寄宿してもらって二人で女子塾を開こうと話したことがありましたね。「そのようなことができたら、どんなに楽しいでしょう」とあなたは言い、私は「これは決して夢物語ではありませんよ」と応えた。あのとき思ったのとは、ずいぶん違った成り行きでこのようになったけれど、とにもかくにも私は今、子供たちに教える立場についています。

ここに竹子さんがいてくれたら、それこそどんなに楽しいだろう。

そう思えば、八重はつい涙ぐみそうになる。

「大丈夫です。姿かたちは見えずとも、私はこうしてここにおりますよ」

ふと竹子の澄んだ声が聞こえた気がした。

弟子たちに対して謙虚に向き合うようになったのと同時に、八重は、繕いものであれ掃除であれ、これまで以上に母屋の手伝いに精を出した。

そんな八重を横目で見て、宇良が暗い顔をうつむける。

「八重さんは頑健で良いですねぇ」

頭が割れるほど痛いだの、身体がだるくてやりきれないだのと、近頃の宇良は床に臥せることが多かった。

「一度、お医者様に診ていただいたほうがよろしいのでは」

「そのような贅沢はできません。休んでいれば直に治りますから」

八重と宇良は、三日に一度は似たようなやりとりをしていた。

「私のような者が嫁で申し訳ございません」

宇良が湿った声でさくに詫びるのもしょっちゅうだ。

「身体というより気鬱《きうつ》の病ではないかしら」

自分たちの寝所に使っている座敷に入ってから、さくが八重にささやいた。

「私も、そのように考えておりました」

「どうしてあげたら良いものか」

「気鬱なら、お医者様にかかったとて、すぐに快くなるとも思えません。義姉上の気が晴れるよう、私どもが精々明るく接して差し上げるしかないような」

そう話し合った八重とさくは、峰にもそっと言い含め、宇良が少しでも元気になれるように、あれやこれやと気を遣った。しかし、宇良の気鬱は冬の訪れとともに、ますますひどくなっていった。

連日降り募る雪は、会津よりはるかに多いと思われ、寒さもまた、はるかに厳しい。そのせいで、八重でさえ気が重くなるのだから、宇良が塞ぎ込んだままでいるのも致し方ないことだった。

「春になれば。春さえ来れば」

さくと八重と峰は、念仏を唱えるごとくに言い合って、宇良の回復を祈った。

だが、軒先のつららから滴が垂れ、永遠に解けぬかと思われた雪の壁が少しずつ嵩《かさ》を減らし、残雪の間から蕗の薹《とう》が顔を出しても、宇良が温かな笑顔になる兆しはみえなかった。

山本家に代々仕えていた農夫の佐吉がやって来たのは、鶯の初鳴きから何日も経たない頃だ。

弟子たちは昼餉をとりに各々の家に帰ったばかりで、離れには八重たち家族がいるきりだった。

「大変でごぜえますッ。一大事です」

戸を開けて八重たちを認めるなり、佐吉はそう叫んだ。

「まあ、佐吉ではないの。お前、はるばる柳津《やないづ》から」

「へえ。一刻も早くお報せしねえばなんねえと夜を日に継いで来やんした」

さくに答えつつ、佐吉は三和土《たたき》で肩を喘がせる。

「何があったのだね」

「それが……生きていらしたんでごぜえますよ。覚馬様が、京で生きていらっしゃるというんです」

さくも宇良も八重も峰も、声も出なかった。四人が四人とも、まばたきを繰り返すばかりだ。

「みなさまがぶったまげるのも当たりめえだ。おらだって、腰抜かすくらいたまげたもんな」

「……本当の話かい」

八重が恐る恐る訊くと、佐吉は馬が首を振るように大きくうなずいた。

「詳しく聞かせておくれ」

さくに勧められて、佐吉が上がり框に腰を下ろした。

「一昨日の夜ですが、越後から来た薩摩の兵をうちに泊めることになりまして。いや、これも仏様の御加護でやんす。その兵は、おらが山本様に仕えてたとはまるで知らずに、会津藩の軍事取調兼大砲頭取であった山本覚馬殿は京の薩摩藩邸にて恙《つつが》なく暮らしておられる、その旨を覚馬殿の親族に遇わば伝えよ、と言うではねえですか。おら、もう肝が潰れちまって」

「では、父上が鳥羽伏見の戦で薩摩に捕らえられ、四条河原で処刑されたというのは」

「戦ん中のどさくさで間違って伝わったんでやんしょう」

佐吉が峰に微笑みかける。

「覚馬様は、薩摩に捕まった後、藩邸の獄舎に押し込めにされてたそうで。けど、そのうちに覚馬様の学のあるところが薩摩の連中にも知れ渡って、明治の御代となってからは、手厚くもてなされ、大事なお役目に就かれているとのことでごぜえます」

「覚馬が生きていた。……生きていた」

さくが、うわ言のごとく繰り返した。

宇良は呆けたような顔をしており、峰は胸元に手を当てたまま固まっている。

兄上……。

胸が熱かった。八重は、震え出しそうな両手を重ね合せた。

「私、どうしてしまったんでしょう。なにゆえ、涙が出るのでしょう」

頬を濡らした峰が、心底不思議そうに言った。

「そりゃあ、嬉し泣きってやつでごぜえますだ」

佐吉がくすくすと笑った。

これが、峰にとって生まれて初めての嬉し泣きだった。物心ついて以来、世は常に動乱の中にあって、峰は今の今まで、哀しみや口惜しさや心細さで涙を流しはしても、嬉しさのあまり泣いたことは一度もなかったのだ。

そうと気づいて、八重は、峰がいじらしくてたまらなくなる。

「さっそく兄上に書状を認《したた》めませんと」

「そんな手間暇かけるより、せっかく覚馬様が生きてらっしゃるとわかったからには、いっそみなさまで京に上られてはいかがでごぜえますか。居所だって、はっきりしてることですしね。みなさまの達者なお顔をご覧になったら、覚馬様はたいそうお喜びなさるに違いねえですよ」

「そうですねえ。覚馬の驚く顔を見るのも、一興かもしれませんね」

さくが華やいだ声を上げた。

「あ、佐吉。はるばる駆けつけてくれたというのに、お茶も出さずに悪かったね」

「おらも、みなさまに早くお伝えしたい一心で。そういや、喉がからからだ」

喉仏を揉む佐吉の仕草に、さくも八重も峰も笑い出した。

祝盃代わりに八重たちと焙じ茶を味わった佐吉は、田植えが迫っているからと早々に帰っていった。

覚馬の消息に、内藤もつゆ子も我がことのように喜び、その夜は、母屋で本物の祝盃を上げた。八重たち家族にとって、三年ぶりに訪れた春だった。

三

「私は京へはまいりません。実家《さと》へ帰らせていただきとうございます」

宇良が断固とした口調で言ったのは、明くる朝のことだ。

呆気にとられた八重は、しばし言葉も出ない。さくも峰も同様とみえて、三人は互いに顔を見合わせる。

「本気でさようなことを申されておるのか」

「至らぬ嫁のまま去るのは甚だ心苦しゅうございますが、何とぞお許しくださいませ。また、峰のことをどうかよろしくお願い申し上げます」

宇良は威儀を正して、さくに手を突いた。

「何ゆえにございますか」

峰が、まなじりを決して宇良に尋ねた。

「そう訊かれても……。すべてに疲れてしまった、としか言いようがないのです」

「思いもかけず父上が生きていらしたというのに、母上はお会いになりたくないのですか。母上は、私と離ればなれになっても平気なのですか」

峰に詰め寄られて、宇良は細く息をついた。

「お前は、お祖母様とも叔母上とも血がつながっているのですから、良いではありませんか。この中で他人は私一人なのですよ」

「そんな。義姉上は、そのようなことを考えていらしたのですか。兄上が京へ上られてからずっと、あの戦のさなかも、落城のときも、その後の辛い日々も、私たちは血を分けた肉親と同じく助け合ってきたではありませんか」

「八重殿にも、義母上にも、本当に大切にしていただいたと感謝しております。それでも、私だけが赤の他人であることは、揺るぎない事実です」

宇良の口ぶりは淡々としていた。

「昨日の今日で宇良殿も動転しているのでしょう。大事なことゆえ、今一度じっくりお考えなさい」

さくが子供に言い聞かせるように語りかけたが、宇良は身じろぎひとつしなかった。自分だけが赤の他人と言われては、三人がかりで説き伏せようとするのも、三人で方策を話し合うのもはばかられる。言わず語らずのうちに、誰かが宇良のそばについているようにして、三人は宇良の気が変わるのを待った。

さくは一時でも早く覚馬に会いたいだろうし、八重とて今すぐにでも飛んでいきたい。しかし、父の元へ行くのと引き換えに、母と別れねばならぬかもしれないとあって、峰は、食事も喉を通らない様子だった。

その夜、さくと峰が母屋に貰い湯に行っている間に、八重は宇良のために茶を点てた。八重の手元をじっと見つめていた宇良は、差し出された茶を流れるような美しい所作で干した。

「結構なお点前でございました」

型通りの言葉だが、声音《こわね》はしみじみしたものだった。

「義姉上……」

「厄介なことを言い出したものだと、さぞかしご迷惑にお思いでしょうね」

宇良の唇に薄い微笑がにじんだ。

「迷惑などとは。ただ、どうにも腑に落ちないのです。峰も不憫ですし」

「かような身体では、京に着くまでに息絶えてしまうかもしれません。よしんば、たどり着けたとしても、覚馬殿のお世話も、峰に母親らしいことをしてやるのも無理でしょう。義母上と峰には、八重殿から、私がそう申していたとお伝えください」

「それが義姉上の本心なのでございますか」

八重は宇良の目を覗き込んだ。

宇良が、さりげなく目をそらした。

「見知らぬ土地に行くのは、もう嫌なのです。私は、生まれ育った会津で老いて死に、会津の土に還りたい」

「本当に、それだけですか」

八重は思わず、膝の上に置かれた宇良の手に手を伸ばしていた。やけに冷たい手だった。

「……覚馬殿は、何ゆえ私どもを迎えに来てくださらないのでしょう。御自分が京を離れるのが難しいのなら、人を使って探してくれても良かったものを」

「それは、薩摩の手前」

「そうでしょうか」

宇良は、静かに八重を遮った。

「佐吉が聞いた話によると、覚馬殿は今や薩摩に手厚くもてなされ、大事なお役目に就かれているとか。でしたら、御自分さえその気になれば、いかようにでもできるはず」

「義姉上は、兄上が薩摩に飼い慣らされたとでもおっしゃりたいのですか」

「これだから、八重殿は繁之助殿とあっさり離別できたのですね」

独り言に近いつぶやきには、皮肉な調子も馬鹿にしている感じもまったくなかった。

「京へ上って二年ほど過ぎたあたりから、覚馬殿が送って来る書状は、家族宛のもののみで、私宛のものはなくなりました。おそらく、好いたおなごができたのでしょう」

「……兄上にかぎって……」

思いも寄らなかった宇良の言葉に、八重はしどろもどろになってしまう。

「覚馬殿と夫婦となって十八年。そのうち、ここ七年は、覚馬殿は京へ上ったきり。この間の月日は、私にとって、これまで生きてきた中で最も辛く苦しい日々でした。覚馬殿にしても、きっと同じだったでしょう。その辛苦の日々をずっと覚馬殿に寄り添ってきた方に、私は決して太刀打ちできません」

「ですが、まだそのような方がいると決まったわけでは」

「八重殿。女の勘を侮ってはいけませんよ」

「勘ですもの、はずれることもありましょう」

宇良がぎこちなく首を傾げて、八重の手のひらの下にあった自分の手をそっと引き抜いた。

「では、こうしてはいかがですか。義姉上は、いったん御実家《おさと》の伊藤家へ戻られて養生なさる。私たちは先に京へ上って、兄上の様子を義姉上にお報せする。兄上に手かけがいないとわかったら、義姉上も京へいらしていただけますよね」

「そういう方がいたら、便りは一切御無用です」

宇良が睨むように虚空を見据えた。その目は硝子玉《ビードロだま》のようだった。

どこかで見た憶えがある、と八重は思う。

そうだ。竹子さんが縁談の相手を語った折に見せた目に、よく似ているのだ。いや、あのときの竹子さんの目よりも、もっと冷たい目だ。

九歳の頃から義姉上と呼び、一つ屋根の下で暮らしてきた宇良が、今初めて会ったばかりの他人のように見えた。


米沢を去ることを告げると、弟子たちは一様に驚きの声を上げた。べそをかき出す子もいれば、「せっかく仲良くなれたのに」と峰の手を取る子もいる。

「こんなふうに中途半端になってしまって、あなたたちには心から申し訳なく思っています。ごめんなさい」

八重とさくと宇良は、揃って頭を下げた。

「この先、あなたたちに良い先生を見つけてくれるよう、内藤様と奥様のつゆ子様に、よくよく頼んでおきました。どうか新しい先生の下で、たくさんのことを学んでください」

「やだ。私、新しい先生なんてやだ」

べそをかいていた子が、本格的に泣き出した。

「聞き分けのないこと言ったらだめだ。峰ちゃんは、やっとお父上に会えるんだから」

「そうだよ。私たちが引きとめたら、峰ちゃんも先生たちも可哀想だ」

年長の子たちの言葉に、八重の胸は熱くなった。

そうして迎えた出立の日、弟子たちは親と共に見送りに集まってくれた。餞別《せんべつ》に差し出された凍《し》み餅や熨斗梅《のしうめ》やゆべしを八重はありがたく受け取った。

「内藤殿には、何から何までお世話になりまして、御礼の言葉もございません」

「義姉上のこと、何とぞよろしくお願い申し上げます」

八重たち三人は仙台から船に乗るのだが、宇良は、内藤に付き添われて会津に戻ることになっていた。

「拙者も、いずれ覚馬殿に会いに京へまいります。それまで、ほんのしばしの別れにござる」

内藤が大らかな笑顔を見せた。

「つゆ子様にも、本当に良くしていただいて。この御恩は一生忘れません」

「私のほうこそ、色々とお教えいただき感謝しております。短い間でしたが、楽しゅうございました」

　つゆ子の目に光るものがあった。

「お祖母様と叔母上のお言いつけをしっかり聞くのですよ」

　宇良が、峰の額の後れ毛を指先でそっと撫でつけた。

「承知いたしました。京にて母上をお待ちしております」

　峰が宇良をひたと見上げた。

「お名残惜しゅうはござるが、そろそろ出立なさらねば」

　内藤に促されて、八重たちはわずかな荷物を背負い直した。

　仮の宿とはいえ、あたたかい家だった。内藤は紛れもなく大恩人だし、つゆ子には、かけがえのないことを教えてもらった。

　これから先、どんなに辛い日が待ち受けていようとも、内藤家で過ごした月日を思えば、きっと優しい気持になれるだろう。

「みなさま、まことにありがとう存じます。米沢は、雪も深いぶん、たいそう情も深いところにございました」

　八重の言葉に、弟子の親たちが頭を垂れた。

「さようなら」

「どうぞ御無事で」

「先生、またいつか」

真心のこもった多くの声に送られて、八重たちは、あたたかい仮の宿を後にした。

仙台から東京、東京から大阪へと船を乗り継ぎ、大阪からは陸路で京に向かった。川の渡し船にしか乗ったことのない八重たちは、海原を行く船にひどく酔い、大阪に降り立ったときには、足元さえおぼつかない有様だった。それでも、乏しい路銀を考えれば、気安く宿を取るわけにはいかない。

「ここまで来れば、京は目と鼻の先。もうひと踏ん張りいたしましょう」

「そうですね。じきに覚馬に会えますね」

疲れた色は隠せないものの、さくが息子と会える喜びに支えられているのは頼もしかった。

「父上は、私だとわかってくださるでしょうか」

峰が次第に緊張していくのが微笑ましい。

「大丈夫。峰は兄上にそっくりですもの」

八重たちは、励まし合い、いたわり合って、ついに京に入った。

さぞかしきらびやかだろうと思っていたのに、京の都は意外にもひっそりしていた。行き交う人々も、どこか悄然として見えた。

道行く人に声をかけ難くはあったが、薩摩藩邸の場所を尋ねてそこへ行けば、覚馬は河原町御池に家を構えているとのことで、藩邸にいた男が八重たちを案内してくれる。

「遠路はるばる御苦労様にございもした。会津はまことに遠き国にございもすゆえなあ」

小柄な身体に軍服を着けた男が、八重たちを振り返りながら言った。

その言葉からして、男も会津に攻め入ったものと察せられた。

憎《にっく》き敵め。こやつも、我が会津兵を手にかけたのであろう。

これまでの八重ならば、そう胸で吐き捨てて男を睨みつけるところだ。しかし今は、この人の親兄弟や友も先の戦で命を落としたかもしれない、としんみりする。そんなふうに思えるようになったのは、米沢での暮らしのおかげと京に着いた安堵のために違いなかった。

「山本先生は大した御仁でございもすな。先生が著された管見録には、西郷隆盛どんや去年亡くなられた小松帯刀《こまつたてわき》どんも大いに感服なされ、岩倉具視卿とも親しくなられもした。先生は、岩倉卿の後押しを得て、一昨年から京都府の顧問を務めておられもす」

「覚馬は、京都の顧問なのでございますか」

「さようにございもす。先生のお宅のすぐ裏は、大参事にして京都の政の実権を握っておられる、槇村正直《まきむらまさなお》どんのお屋敷。槇村どんは、足繁く山本先生を訪ねて相談を持ちかけられておりもす」

兄上の見識の高さなら、さもありなん。

八重は、ちょっと胸を張った。その耳元に、さくが唇を寄せてくる。

「そんなに偉くなっているのなら、かような潮垂れた姿で押しかけては、覚馬が恥をかくのではなかろうか」

「兄上でしたら、さようなことはお気になさいませんよ」

さくにささやき返したものの、八重は覚馬が恨めしくなった。

京都府の顧問にまでなっているのであれば、宇良が怨じたように、人を使ってでも家族を探し出してくれて良かろうに。前を行く男は、覚馬が一昨年から京都府顧問を務めていると言ったけれど、その間、山本家の女四人は、泥水をすするほどの苦労を重ねて生き延びて来たのだ。いくら薩摩への遠慮があったか知らぬが、ずいぶん非情ではないか。

それとも、何かのっぴきならない事情があるのだろうか。たとえば、実は薩長方に蔭で脅されているとか、その人は山本覚馬を名乗る別人だとか……。

首筋がざわりと粟立った。

八重が風呂敷の結び目を握りしめたとき、峰が八重の袂を引いた。

「叔母上、私……」

「心配ありませんよ。峰の顔を見たら、兄上はきっと大喜びなさいます」

八重は片手を伸ばして、峰の震える肩を抱き寄せた。

長い長い旅路の果てに、門前まで響く赤子の泣き声に出迎えられた。

戸惑い顔を向け合う八重たちの前に現れたのは、まぎれもなく覚馬本人であった。

「覚馬」「兄上ッ」「……父上」

八重たちがほぼ同時に声をかけると、覚馬がぎくしゃくとこちらに顔を向けた。盲《めしい》ているのか、その目は薄く閉じられ、足も不自由な様子だ。

「母上、よくぞ御無事でいらしてくださいました。御苦労をおかけして、まことに申し訳ございません」

覚馬が、さくのいるほうに見当をつけて手を突いた。

「八重も峰も、さぞ大変な思いをしたであろう」

しみじみと言う覚馬の傍らには、赤子を抱いた女が寄り添っていた。

「その赤子は、もしや兄上の」

八重は挨拶抜きで、いきなり訊いた。

「半月ばかり前に生まれてのう。久栄《ひさえ》と名付けた。これは時恵だ」

覚馬に振り向かれて、時恵が、泣き止みかけた赤子を抱いたまま頭を下げた。

「五年ほど前から、旦さんのお世話にならせてもろうてます。よろしゅうお頼《たの》申します」

花街上がりなのだろう。襟の抜き方といい、居ずまいといい、妙に垢抜けており、口元の大きな黒子《ほくろ》が艶っぽい。時恵は、どう見ても八重より四つ、五つ年下だ。

義姉上の勘が的中してしまった。

八重は強い目まいを必死にこらえた。

宇良の勘は、ただの勘ではなく、確信に近いものだったのだ。宇良は、八重が「義姉上は、兄上が薩摩に飼い慣らされたとでもおっしゃりたいのですか」と訊ねたとき「これだから、八重殿は繁之助殿とあっさり離別できたのですね」と独り言めいたつぶやきを洩らした。あれはおそらく、八重が男女の機微に疎いと言いたかったのだ。宇良は、すべてを見越して身を引いたのだ。

「して宇良はいずこじゃ」

「宇良殿は、私どもが京に上るにあたって、伊藤の家へ戻られました」

さくの言葉に、覚馬が目をしばたたいた。

「まあ。一緒においでやしたらよろしゅおしたのに」

時恵が久栄を小さく揺すりながら、のんびりと言った。

八重は、覚馬を見据えて、ぐいと身を乗り出した。

「手かけだけならまだしも、赤子まで生《な》していたとあっては、義姉上は賢明にございました」

「八重は、相変わらず歯に衣着せぬ物言いをするのう」

ため息まじりに言う覚馬の面持ちに翳《かげ》が差した。

「この目が徐々に見えなくなっていったのは、京へまいって二年ほど経った頃からであった。何をするにも不如意でのう。それで、時恵に身の廻りの世話を頼んだのじゃ」

「されど、兄上は獄の中で管見録とやらを記されたとか」

「その時分には、まったく盲てしもうておった。管見録は、同じく獄中におった野沢鶏一に語り聞かせ、書き取らせたものじゃ」

覚馬もまた、並々ならぬ苦労を味わったのだ。頭では、そうわかっていた。けれど、目まいも心の波立ちも、一向に治まる気配はない。

「峰。どれほど大きゅうなったか、近う寄って確かめさせてくれ」

覚馬に言われて、峰がちらと八重を振り向いた。八重は峰の目を見て小さくうなずいた。

峰が覚馬の前ににじり出る。覚馬の両手が、ゆっくりと峰の頭に、肩に伸ばされる。

「すっかり大きゅうなったのう」

「……父上は、私の顔もお見えにならぬのでございますか」

「無念極まりないが、見えぬ」

絞り出すような覚馬の声に胸が詰まった。それでも八重は、時恵を囲い、久栄を産ませる一方で、家族を捜し出そうとしなかった覚馬が許せない。

「されど、目が見えずとも立派な書物を書き取らせたのでしたら、戦の後の御消息をどなたかに書き取らせて、私たちにお報せくださることもできたのでは」

「我が身の無事を伝える書状も、そなたたちの行方を尋ねる書状も、時恵に託《ことづ》けて数えきれぬほど方々に出したぞ。一通も届いておらぬのか」

「はい。一通たりとも」

「あないにぎょうさん出しましたのに、面妖なこともあるもんどすなあ。みんな、どこぞで迷子になってしもうたんですやろか」

時恵が横合いから口をはさんだ。

嘘だ。この女が、始末してしまったのに決まっている。

八重は時恵に鋭い目を向け、そうするそばから、むやみにひとを疑ってはいけないと自分を戒める。

八重の視線に気づいたのか、時恵がふとこちらに顔を向けた。

「ここは先《せん》に新門辰五郎はんが住んではった家どす。新門の親分さんといえば、江戸では名高い火消で俠客。徳川慶喜公の側室の父上でもいてはります。新門の親分さんが、鳥羽伏見の戦の前に京を守るために慶喜公に呼ばれはったんは、会津の方々と似通うてはるようで、これも御縁や思います。ご覧の通り、百坪ほどもありますさかい、みなさんごゆるりとお暮らしになられますやろ」

書状の件をごまかそうとしているのか、八重たちの機嫌を取ろうとしているのか、時恵の婀娜《あだ》な微笑からは読み取れなかった。

「とりあえず、風呂に浸かって長旅の疲れを癒してくだされ。積もる話は、それからじゃ」

「旦さん、ほんによろしゅうおましたなあ。天皇さんを江戸に取られてしもうて以来、何や背骨を抜かれた気分になってましたけど、うちかて、母上や八重はんや峰はんが来てくれはったおかげで、元気が出てきましたわ」

京の人々がどことなくしょんぼりして見えたのは、帝が東京に移られたせいだったのだ。

八重は、波立ち続けている心の裏で、ぼんやりとそう思った。

「峰はん。久栄は、あんさんの妹ですよってに、せえだい可愛がってやっておくれやす」

時恵の腕の中で、久栄はいつしかすやすやと眠っていた。その久栄をややしばしじっと見つめて、峰がぎこちなくうなずいた。

ここもまた、決して安住の地ではないらしい。

八重は秘かに重い吐息をついた。

「身体と心をゆっくり休めよ」と覚馬は言う。もはや飢える心配もなければ、誰に気兼ねもいらぬそれぞれの部屋もある。着物や身の回りの小間物にも不足はない。

それでも、何かが欠けていた。その正体がわからぬままに、八重は夜ごと夢にうなされた。

無数の砲弾が頭上を飛び交う。味方の兵が次々に斃れる。闇に包まれた城中の長い廊下に、ずらりと遺体が横たわっている。

道端に累々と打ち捨てられた遺体に蠅がたかっていた。男もいれば女もいる。首級のない遺体も数多い。その中に、青磁色の縮緬の小袖に義経袴を着けた女の遺体があった。

「竹子さんッ」

小さく叫んで駆け寄った。首級がなくても、なぜか竹子だとはっきりわかった。

竹子の遺体を抱き起こそうとしたとき、目の前に敵兵が立ちはだかった。

手にしていた銃を撃ち放った。腹に弾を食らった敵兵が、白目を剝いて仰向けに倒れた。

さらに一発。もう一発。生温かい血しぶきをまともに浴びても、敵兵の頭から脳漿が噴き出してもやめられない。すでに息絶えた敵兵が、もんどりを打つごとくに跳ねる。

「おのれ。薩摩め、長州め。きさまらこそが奸賊ぞ」

自分の声で目が覚めた。

八重は、こめかみを伝う汗を手の甲でぐいと拭った。

砲弾の音も、硝煙や血のにおいも、遺体の腐臭も、血しぶきの生温かさも、銃を撃ったときの手ごたえも何もかも、やけに生々しく残っている。あまりに生々しくて、自分がどこにいるのか、すぐにはぴんと来ないほどだ。

京都へ来てからというもの、毎日同じような夢を見る。覚馬に客のあった日は、特に凄まじい。覚馬の客は、実質的な京都府知事とささやかれる槇村をはじめ、長州人や薩摩人がほとんどだ。久栄の世話に忙しい時恵に代わって、客に茶を出したり、酒や肴を運んだりするときには、苦も無く愛想笑いの一つも浮かべられるのに、一人に戻って床に就けば、この有様だった。

つゆ子さんのおかげで米沢で学んだことは、しかと身についてはいなかったのか。私は、かくも小さき器だったのか。

厳しく自分を責めた。が、次の瞬間には、知らず知らずのうちに小首を振っていた。

そうやすやすと許しては、父上や三郎や竹子さんや黒河内先生、伊東悌次郎殿など、あの戦で亡くなった二千あまりのお味方が浮かばれぬ。不毛の地といわれる斗南へ行った方々に、流刑に処されたに等しいと評される方々に、向ける顔がなくなる……。眠れぬ日々を重ねるにつれ、八重の頰は次第にこけていった。心もいつしかささくれだっていた。

時恵が、赤子がいるというのに白粉と紅を欠かさないのが癇に障るし、親子ほども年の違う覚馬に甲斐甲斐しく尽くすのも、これ見よがしに映って仕方がない。峰が時恵に気兼ねしているように見えるのや、さくが前々からこの家で暮らしてきたかのようにどっしり構えているのまで、何となく腹立たしい。

八重は、そんな自分自身を持て余していた。

「せっかく京においやしたのどす。たいそうな伽藍《がらん》と塔頭《たっちゅう》がぎょうさんある黒谷《くろだに》の金戒《こんかい》光明寺《こうみょうじ》さんは、京都守護職の本陣が置かれてはった御縁で、会津藩士の方々の菩提を弔うてくれてはるそうですし、ほかにも東寺の五重塔やら三十三間堂の千手観音さんやら、清水さんの舞台やら伏見稲荷さんやら、見どころはたんとありますさかい、お出かけにならはってはいかがですやろ」

時恵に勧められたさくは、金戒光明寺に詣でたのを皮切りに、峰を伴ってあちこち出歩くようになった。八重は峰やさくの土産話に耳を傾けるのみで、どんなに誘われても、どこへも出かける気になれなかった。

恐ろしく蒸し暑い梅雨が来た。焼けつくような陽差しがぎらつく夏が来て、八坂神社の祭りが始まった。時恵が浮ついているのが、傍目にもよくわかった。

「宵山もよろしゅおすけど、何と言うたかて山鉾《やまほこ》の巡行は見ごたえ充分どす。町ごとに風情を凝らした豪華な山鉾をご覧にならはったら、八重はんの気も晴れますやろ。是非とも行っておいでやす」

「お気持はありがたいけど、田舎者のせいか、私はにぎやかな場所が苦手なのです。兄上のおそばには私がついていますから、時恵さんも母上たちと一緒に行ってらっしゃい」

「そんな。よろしゅおすのやろか」

上目遣いを向けられて八重がうなずくと、時恵はさっそく身支度にかかった。

さくに峰に時恵に久栄、女中や下働きの男も祭りに出かけた後の屋敷うちは、妙にひっそりしていた。コンチキチン、コンチキチン。風に運ばれてくる祇園囃子が、耳に優しく響く。

「兄上と二人きりになるのは、京へ上って初めてでございますね」

八重は、団扇に手を伸ばして、覚馬にゆるゆると風を送った。

「お前、何を悩み煩《わずろ》うておるのだ」

「……それが、何と申し上げて良いやら、自分でもよくわからないのです」

「お前らしからぬ言葉だのう」

覚馬が祇園囃子に耳を澄ますようにして、固く目を閉じた。その面持ちは、かつて八重に様々な教えを授けてくれた頃と変わらなかった。

ごくりと唾を飲んで、八重は覚馬に向き直った。

「兄上は、仇敵であった方々と手を携えることに、いささかの痛痒も感じられぬのでございますか」

「今は、さして感じぬな」

「それは兄上が会津の戦の惨状をご覧になっていないゆえではございませんか」

一気に言ってしまってから、しまったと唇を嚙んだ。だが、覚馬は、ほんの少し眉を動かしただけだった。

「戦の折に会津に戻れずとも、この目は見えずとも、お前たちの話や人づてに聞いた話で、数々のむごたらしい光景は、まざまざと瞼に浮かんでおる」

「でしたら、なぜ」

「憶えておるか。お前、いつぞや坂本龍馬殿の人となりを尋ねる書状を送ってきたことがあったのう」

「ええ。憶えておりますけれど」

不意に坂本龍馬の名を出されて、八重は戸惑っていた。

あのとき覚馬は返信に、坂本のことを「まことに頭の柔らかき男に候」「計り知れぬ器の男にて御座候」と乱れた筆跡で記していた。続いて届いた坂本が暗殺された報は、さらに乱れた筆跡だった。それを最後に覚馬からの書状が途絶えたのは、覚馬の目が完全に光を失ったせいだろう。

「わしは、薩摩藩邸の獄に囚われてからしばらく、坂本殿のことを考え続けた。坂本殿は、旧幕軍と薩長方とが戦になるのを避けんがために奔走し、挙句お命を奪われたと思えてならなんだ。その坂本殿が存命であれば、どうするであろうか、とさような思いを巡らせ続けたのじゃ」

「その答えが、今の兄上の土台となっているのでございましょうか」

「おお。ようやく八重らしい冴えを取り戻してきたのう」

覚馬の顔に笑みが広がった。

「先の戦では、旧幕軍も薩長方も、双方手ひどく傷ついた。互いが抱く怨恨も、この先五十年百年と続く深いものになるであろう。されど、それは生みの苦しみぞ」

「生みの……苦しみ」

「さよう。この日の本が、欧米列強に肩を並べられる国家としての態を成すには、避けて通れぬ生みの苦しみだったのじゃ。新しく生まれ変わった上は、この国を育てねばならぬ。恨みつらみも、憎しみも、すべてを棄てて手を携えていかねば、国を育てるなど到底叶うまい」

信念に裏打ちされた声だった。八重は、少しばかりたじろいでいた。

「いくら男勝りと言われても、私は所詮女ですゆえ、兄上のように大きなものの考え方をするのは難しゅうございます」

「焦ることはない。じっくりと時間をかけて、心の目を手に入れよ」

覚馬が、八重の幼かった頃と同じく嚙んで含めるような口調で言った。

男と女の違いではないとわかっていた。これは魂の問題だ。薩長方に対する、ちょっと指先を触れただけで噴き上げるようなこの烈しい怒りを、身を裂かれるような深い恨みを、自分で自分が恐ろしくなるほどの強い強い憎しみを、いつかは拭い去ることができるのだろうか。会津人としての誇りを捨てず、いずれ竹子に再会したときに恥ずかしくないかたちで、それができるのだろうか。

私は、生涯をかけてその答えを探さねばならぬ。

八重はそっと目を閉じた。祇園囃子が兄と妹を優しく包み込んでいた。

第三章　一粒の麦

一

明治五年四月、槇村と覚馬は九条家別邸に女紅場《じょこうば》を開設した。日本初の女学校だ。八重は、そこの権舎長《ごんのしゃちょう》兼教導試補に任ぜられ、覚馬の家を出て寄宿舎に住み込むことになった。会津若松城の落城から三年半あまり、八重の新たな旅立ちであった。

「八重殿ほどのお方には、権舎長兼教導試補では役不足と存ずるが、枉《ま》げてお願い申し上げたい」

槇村は、そう言って頭を下げてくれた。しかし、裁縫や手芸、読み書き算盤や礼儀作法などを教える女紅場で、寄宿舎の舎監の補佐と補助教員として働くのは、役不足どころか予想していたよりもずっと楽しく充実したものだった。同僚の中には、同い年の木《き》崎《ざき》二三江《ふみえ》をはじめ、親しく言葉を交わす友人もできた。二三江は、慎ましやかな微笑やふとした仕草が、時おりはっとするほど竹子に似ており、懐かしさを覚えずにいられなかった。

　けれど、京へ来て以来、何かが欠けていると思えてならない感じは、八重の胸にしつこく巣食っていた。以前よりは間遠になったものの、三、四日に一度は戦の夢にうなされる。そんな翌朝には決まって、二三江が「お顔の色がすぐれへんようやけど」と気遣いを見せてくれるのだった。

　二三江は、没落した宮家の隠し子なのだとか、貧しい家の出ながら大名家に仕えていたらしいなどと陰でささやかれていた。噂の真偽は八重にはまったくわからず、また、知りたいとも思わなかった。ただ、そのようなことを口にする者たちを苦々しい思いで眺めていた。

　女紅場が開校してひと月ほどが過ぎた、ある日の放課後、八重と二三江が廊下を歩いていると、傍らの教場からくぐもった笑い声が聞こえてきた。

「いつか木崎はんの化けの皮はがして、恥かかせたるわ」

　八重も二三江も、期せずして足を止めていた。

「そやなあ。なんぼ取り澄ましてはったかて、お実家《さと》があれやさかいなぁ」

「先生なんて呼ばれて、お高く留まっていてられるんも今のうちや。せいだいお気張りやす、いうとこやな」

八重は我知らずのうちに、教場へ向かって一歩踏み出していた。いい加減になさい、と。と怒鳴りつけるつもりだった。人に教える立場にある者として恥ずかしくないのか、と。

ところが、教場へ踏み込もうとした刹那、八重の二の腕がさっと摑まれた。振り向く八重の目を見つめて、二三江がゆるゆると首を振った。八重は、二三江に引っ張られるようにして、静かにその場を離れた。

「どうして。ああいう連中は、きちんと釘を刺しておかなければ、いつまでもくだらないことを言い続けますよ」

「いずれ飽きはりますやろ」

「だけど、生徒たちの耳に入ったら」

「そのときはそのときでおます」

すこしばかりむきになる八重に、二三江は穏やかな笑みを見せた。

「そんなに泰然としていられるなんて、二三江さんは強いのね」

八重は素直に感心していた。

「そないなことあらへんけど……。そや。なあ八重はん、このあと何ぞ用事ある」

「別に何も」

「そやったら、ちょっとうちと一緒に出かけてみぃひん」

そんなふうに誘われて、八重は二三江とともに、鴨川沿いに木屋町へ下った。

その小体な家で二三江が八重に引き合わせてくれたのは、細面に立派な口髭をたくわえた外国人だった。

「ゴルドン先生や。先生、こちらは私の同僚で山本八重はんでおます」

「ようこそ、いらっしゃいました」

外国人を目にするのは初めてではないとはいえ、八重は、ゴルドンが流ちょうな日本語を話すのに内心驚いた。

ゴルドンは、アメリカ伝道協会から派遣されて大阪に来た宣教医師なのだが、胃の病の療養のために京都に仮住まいしているのだという。

「うち、ゴルドン先生に聖書を習うてるんや」

二三江の言葉に、今度こそひどく驚いた。

切支丹《きりしたん》は御法度だ。禁制の高札は、あちらこちらに掲げられており、二年あまり前にも、新政府は長崎・浦上の切支丹三千人ほどを捕らえて流刑に処したくらいだ。

戸惑う八重を尻目に、二三江は、ゴルドンのそれと向い合せに置かれた椅子に腰かける。二三江に手招きされて、八重はその傍らの椅子におずおずと腰を下ろした。

御禁制の切支丹……聖書。二三江さんの強さのもとは、そこにあるというのだろうか。

「……預言者イザヤによって、荒野で呼ばわる者の声がする『主の道を備えよ、その道筋を真っ直ぐにせよ』と言われたのは、この人のことである」

ゴルドンの静かな声が耳に沁みる。

荒野で呼ばわる者とは誰だろう。主の道とは何だろう。

わからない、ということ自体が八重を惹きつけた。

その日から、八重は二三江と連れだって、たびたびゴルドンの仮住まいを訪れるようになった。ゴルドンが語り聞かせてくれる聖書の言葉が、次第に胸に沁み入っていった。八重の中で欠けていた何かが、少しずつ少しずつ埋まっていくようだった。

翌年二月、新政府は切支丹禁制の高札を撤去し、キリスト教を黙認する方向に転じた。慶長十七年に始まった切支丹禁制が、実に二百六十一年ぶりに解かれたのだった。

聖書と出会って三年近くが過ぎたその日、八重は、いつものように二三江と一緒にゴルドンのもとを訪ねた。玄関では、下男とおぼしき人がゴルドンの靴を磨いていた。その男が、後に自分の人生を変えることになるとは微塵も思わず、八重は彼と会釈を交わして中に入った。

ゴルドンに挨拶しているところに、夫人が顔を出した。

「面白い人来ています。新島襄《にいじまじょう》という名前です。八重さんたちに紹介しましょう」

夫人に「ジョー」と呼ばれて現れたのは、ゴルドンの靴を磨いていた男だった。あらためて向き合うと、新島が澄んだまなざしの持ち主であることがわかった。くっきりとした眉やえらの張った顎も、意思の強さを感じさせる。

「ジョーは、ボストンのマウント・ヴァノン教会で按手礼《あんしゅれい》を受けた、本物の牧師さん。去年、十年ぶりに日本帰って来ました」

「十年ぶり……」

目を丸くする八重と二三江に、新島は小さく微笑んでうなずいた。

「箱館から密出国したのが元治元（一八六四）年の七月十八日、横浜に帰り着いたのが去年の十一月二十六日ですから、十年と四カ月あまり日本を離れておりました」

元治元年といえば、禁門の変が起こり、第一次長州征伐が行われた年だ。その後、薩長が同盟を結び、第二次長州征伐があり、将軍家茂《いえもち》が亡くなり、孝明天皇が崩御され、大政奉還、坂本龍馬暗殺、鳥羽伏見に始まる戊辰の役、明治の御代の到来、東京遷都……日本は、国全体が大きな荒波に揉まれ続けてきた。こうして振り返るだけでも、気が遠くなるくらいだ。日本人が激浪に翻弄されていた間、この人は異国にいたというのか。

八重の胸に、腹立ちとも嫉妬ともつかないものがふつふつと湧いてきた。

「ジョーはフィリップス・アカデミーを修了した後、アーモスト大学に入り、卒業式では理学士の学位を受けました。それからアンドーヴァー神学校に入学。いったん休学して、イワクラ使節団の通訳でヨーロッパを回り、またアンドーヴァー神学校に戻ると、卒業前にアメリカン・ボード日本ミッションの準宣教師に任命されました。ジョーの十年、まさにグレイト。よく頑張りました」

ゴルドンが、息子自慢でもするように誇らしげに言った。

「新島様は、なぜ国禁を犯してまでアメリカに渡ろうと決意なさったのですか」

本当は、国難を目前にして逃げ出したのか、と訊きたかった。

「わたしは、江戸神田一ツ橋の上州安中藩邸で生まれ育ちました。父は安中藩の祐筆でした。ペリー率いるアメリカ東インド艦隊が浦賀に来たときには、藩の学問所で漢学や剣術や馬術の稽古を始めたばかりの年でしたので、黒船見物に行くことは禁じられました。しかし、十八のときに、江戸湾でオランダ軍艦を見た際には、あまりに堂々とした立派な姿に肝を潰しました。その四年も前から蘭学を学んでいたにもかかわらず、腰を抜かしそうになったほどです。それで、幕府の軍艦操練所で数学や航海術を学んだり、幕臣で御軍艦測量方の甲賀源吾様の塾で兵学や測量術を教えていただいたり、英学を始めたりしました。そして、アメリカの事情を知れば知るほど、日本はとても世界に太刀打ちできない、アメリカで新しい学問を身に着けて祖国に生かしたい、と強く烈しく思うようになったのです」

「ジョー。ほら、箱館を出るときの歌、八重さんたちに教えてあげなさい」

淡々と語った新島に、ゴルドンが言い添えた。

「はい。……武士《もののふ》の思い立田の山紅葉　錦着ざればなど帰るべき　これが、箱館でアメリカ商船のベルリン号に乗り込むときに詠んだ歌です」

「箱館にいてはる間に、伝手《つて》いうか頼れるあてを見つけはったんやろけど、それにしたかて、ようもそないに長いことアメリカで暮らさはりましたなあ」

二三江が感嘆すると、新島は大きく首を振った。

八重と二三江は、小首を傾げて顔を見合わせる。

「あても伝手も、何もなかったのです。ベルリン号で上海まで行ったわたしは、そこで機会を伺い、ワイルド・ローヴァー号にどうにか乗せてもらうことができました。上海から福州、福州から再び上海、そして香港、サイゴン……。諸港で交易を重ねるワイルド・ローヴァー号で給仕として働くうちに、わたしはテイラー船長からジョーと呼ばれるようになりました。マニラを出帆してインド洋、大西洋を渡り、ボストンの港に着いたのは、箱館を出てから一年と二日後でした」

「一年もかけてアメリカに着かはったかて、その先どないしやはるおつもりでおましたの」

「それが、我ながら無鉄砲と申すか、徒手空拳と申すか。ボストンに入港してしばらく、わたしはワイルド・ローヴァー号の船番をしていたのですが、ある日、船主のハーディさんが船見分にいらしたので、学問を身に着けたい、と必死に自分の思いをぶつけました。あれほど必死になったのは、生まれて初めてでした。幸いにも、ハーディさんはわたしの志を深く理解してくださり、わたしはハーディご夫妻の庇護を受けることになったのです。それこそ、まさに主の御恵みでした」

「武家にお生まれになった新島様が、維新の嵐に遭わずにすんだのも、主の御恵みだったのでしょうね」

皮肉が八重の口をついて出た。新島が禄を食んでいた安中藩は、早々に新政府に恭順した上に、三国峠にて会津藩と激戦を繰り広げたのだ。

「そうかもしれません」

新島は静かに応えた。

「当時、アーモスト大学で学んでいたわたしのもとに、家族からの手紙が届きました。父をはじめ家族みながわたしの帰国を強く望んでおりましたが、わたしはルカによる福音書のごとく、すでに手を鋤にかけていたのです。主の御用に備えるため、救いの兜と神の御言葉である御霊《みたま》の剣を身につけて、サタンとの闘いに向かうことに身をささげる決意を固めていたのです。故国での争乱は案じられるものの、帰国しようとはまったく考えませんでした」

「その争乱が、どれほど惨く恐ろしいものであったか」

自分の言葉が呼び水になった。燃え盛る怒りが、身体の底から突き上げて来た。

「何も御存知ないあなたが、よくもぬけぬけと。ルカによる福音書だの、サタンとの闘いだの、要は態の良い言い訳ではありませんか」

「何ですと」

「あなたは国難に瀕している祖国を見捨てて、まんまとアメリカへ渡った。維新の嵐で国中が血に染まる中、御家族が切望されても、帰国しようともなさらなかった。それは、日本人として恥ずべきことです」

きっぱりと言い切ると、新島が顔色を変えた。

「八重はん。いくら何でも言い過ぎやわ」

二三江が、いつになく厳しい声音で八重を諫めた。が、八重はもうとまらない。

「私は本当のことを言っただけです」

「きみにはきみの考えがあるように、わたしにはわたしの信念がある。わたしは、日本人同士が殺し合う野蛮な戦に加わるよりも、世界に通用する知識を蓄え、神の子として働くことを選んだのです」

野蛮な戦……野蛮な戦。あの戦いをそんな言葉で片付けられてたまるものか。

八重は、新島の胸倉に摑みかかりたい衝動を辛うじてこらえた。

「海の向こうで高みの見物を決め込んで、ほとぼりがさめた頃に帰って来て、綺麗ごとの御託を並べる。それが、神の子として働くということですか。あなたが言う野蛮な戦では、義と誇りにかけて、数多くの方々が命を落としました。私の父や弟や親しい友人も友人の家族も、朝敵の汚名を着せられたまま……。無残な死を遂げたばかりか、御遺体となってからでさえ、さらに凌辱を受けた方々も数知れません。からくも生き残った者たちは、亡くなった方々への深い痛惜の念を背負い、敵に対する拭い去れない怨恨に今も苦しみ続けています。その辛さが、あなたにわかりますか」

「少しは、わかっているつもりです」

烈しく詰め寄る八重に、新島はたじろぐことなく応えた。

「いいえ。ちっともわかっていらっしゃらない。それゆえ、綺麗ごとを並べられるのです」

「きみのほうこそ、わからない人だ。綺麗ごとなどでなく、信念だと言ったではないか」

新島が怒気を含んだ声を返してきた。二人の視線が、音を立てるごとくにぶつかった。

握りしめた八重の拳がわなないていた。新島のまなじりが引きつっていた。

八重が手のひらに爪を食い込ませたとき、ゴルドンがふいに両手を打ち鳴らした。

「ここまでにしなさい。でなければ、主が悲しまれます」

「そうですよ。喧嘩するためにジョーと八重さんを引き合わせたのではありません」

ゴルドン夫人が優しく言い添えた。

それでも、二人はしばし睨み合っていた。


思いがけなく新島と再会したのは、女紅場が夏休みに入って、久しぶりに覚馬の家に戻ったときだった。

「あなたが、山本先生の妹さんだったとは。しかし、考えてみれば初めて山本先生に御挨拶した際に、どこかでお会いしたような気持になったのでした。なるほど、なるほど」

新島は、しきりに覚馬と八重を見比べ、はっとした顔になって居住まいを正した。

「先日は、ついむきになってしまって、失礼しました」

折り目正しく頭を下げられては、八重とて仏頂面をしているわけにもいかない。

「私のほうこそ。ですが、何故、新島様が兄上のところに」

「新島さんは、比叡山を琵琶湖に投げ込むがごとき計画を進めておいでなのだよ」

覚馬が、いかにも面白そうに言った。

「比叡山を琵琶湖に……」

「実は、わたしは帰国する直前に、アメリカン・ボードの第六十五回年次大会で、日本にキリスト教主義の学校を設立することを訴えて献金を頂戴してきたのです。国際的に通用する人材を育てるべく、外国人も教鞭をとる学校を京都に建てるつもりです」

新島が静かに語った。

当初その学校は大阪に建てる予定だったが、大阪府知事は外国人が教えることを許さなかったという。それで新島から相談を受けた覚馬は、京都府知事の槇村に諮って学校開設の許可を取り付け、用地の買収にも力を貸しているというのだ。

「槇村さんは、大阪の渡邊知事とは仲が悪いし、ものすごく対抗意識が強いからね。そこをちょっとつついてやったのだ」

覚馬がいたずらっ子のような笑顔を見せた。

「けれど兄上、京都はおそらく日本で一番、神社仏閣が多い土地にございましょう」

「それゆえ、琵琶湖に比叡山と言うたのだよ」

「試練は大きいほど乗り越え甲斐があります。それに、大阪で許可されなかったのも、山本先生の御助力が得られたのも、京都で開校の運びとなりつつあるのも、すべて主のお取り計らいによるものでしょう」

新島の口ぶりは、あくまでも淡々としていた。

もっと肩に力が入ったり、熱弁を振るっても良さそうなものなのに、と八重は不思議な気がした。今日の新島は、ゴルドンの家で言い争いをしたときとは別人のようだ。

「ときに八重さん。これから時々暇を盗んで、山本先生のお嬢さんの峰さんに英語や聖書を教えて差し上げることになったのですが、もしよろしければ夏休みの間だけでも御一緒に、わたしが逗留している目貫屋にいらっしゃいませんか」

名前を呼ばれて、なぜだかどぎまぎした。

「是非そうしなさい。お前の勉強になるのはむろん、峰もお前が一緒なら心強いに違いない」

覚馬が口元に微笑みを浮かべて、八重に勧めた。

明くる日から、八重は二三江も誘って、三条大橋の西詰にある目貫屋に通うようになった。ゴルドンの教えも決してわかりにくいものではなかったが、新島の教えは日本人ならではの言い回しや喩えを織り交ぜてくれるおかげで、いっそうわかりやすかった。心の底に言い争いのしこりは残っていたものの英語や聖書を学ぶのが、八重は楽しくて仕方がなかった。

新島は、八重たちに教えを授ける一方、学校設立の準備を着々と進めていた。そのために、覚馬のところや裏の槇村の屋敷をたびたび訪れ、いきおい八重と顔を合わせる機会も多くなっていった。

その日、うだるような暑さに我慢ならず、八重は、中庭の井戸に渡した板戸の上に座って縫物をしていた。

「危ないッ」

鋭い声に振り向くと、新島がそこにいた。

「板戸が折れたら、井戸の底へ真っ逆さまですよ。早く降りられたほうが良い。さ、早く、早く」

新島は大きく腕を振って八重を促す。

「大丈夫ですよ。飛んだり跳ねたりするわけではないのですから。第一、こうしていると、とても涼しいのです」

新島の慌てぶりが、八重には妙におかしかった。

「でも、御心配ありがとうございます。真っ逆さまに落ちぬよう、精々気をつけます」

「なんと豪胆な人だ」

新島は怒ったような顔で、覚馬のいる座敷へ入っていった。肩をすくめるその後ろ姿がまたおかしくて、八重はくすくす笑った。

「思い出すのも辛いだろうが、籠城の折の話を聞かせてくれないだろうか」

新島がそう切り出したのは、それから十日ばかり後のことだ。八重たちは、いつものように目貫屋で英語と聖書を教えてもらったところだった。

「岩倉使節団の仕事をしたとき、彼らと一緒に日本から来た五人の少女留学生の宿舎は、わたしの下宿の近くでしたし、中の一人、津田梅子君は古い学友の次女でしたので、わたしは彼女たちにアメリカの風習を教えたりしていました。五人はみな、幕臣や幕軍方の娘で、幕府が倒れた争乱の際の悲しい出来事をこもごも語ってくれました。会津の籠城の話も山川捨松君から」

そこまで聞いて、八重と峰は同時に驚きの声を上げた。

「山川、捨松……」

「元の名は咲子さんだったそうですが、アメリカに送り出すにあたって母上が、お国のために娘を捨てたつもりで待つ、という親心をこめて改名されたとか」

やはりそうだ。山川大蔵の妹、焼玉押さえを仕損じて無残な死を遂げた山川とせの義妹だ。彼女は峰の二つ年上だから、アメリカに渡ったときには、わずか十三歳だったことになる。

「捨松君は、籠城中に子供たちも一所懸命に働いていたことや兄嫁さんの最期の様子、絶体絶命に追い込まれながらも、余裕があると敵に見せかけるために、大人たちから命じられて凧揚げをしたことなどを話してくれました。子供の目から見た戦の話であるだけになおさら、わたしは胸が締め付けられる思いでした」

「そうだったのですか。でしたら、もう」

新島は、アメリカですでに籠城中の会津の生々しい話を聞かされていた。その上で、ゴルドンの家で八重と言い争ったとき、「信念」という言葉を口にしたのだ。

「八重さんは以前、数多くの方々が義と誇りにかけて命を落とし、からくも生き残った方々は今も苦しみ続けている、と言いました。わたしは、あの言葉に気づかされたのです。いやしくも日本人であるならば、維新の大嵐に見舞われた人々の心に、もっと寄り添うべきだった、と」

新島の澄んだまなざしが、真っ直ぐに注がれていた。この上なく真摯なまなざしだった。

「できることやったら、うちも聞かせて欲しいわ。これまで八重はん、会津でのこと一切話さはらへんかったよってに」

二三江が遠慮がちに言った。

峰が、ちょっと身を乗り出した。

「私も。あのときはまだ小さかったので、知らないことがたくさんあります。叔母様、どうぞお聞かせください」

八重は、新島を見つめ、二三江を見つめ、峰を見つめ、そして小さく息をついた。

「では、どのようにして会津藩が追い詰められていったかということから、お話しさせていただけますか。……私が考えるに、世の中が軋《きし》んでいったのは、ちょうど新島さんがアメリカへ向けて箱館を出られた頃だと思います」

見たこと、聞いたことをありのままに話すよう努めた。感情を交えないよう、心を砕いた。

籠城に至るまでの話だけでも何回かに分けなければならなかった。籠城中のことや開城の日のこと、その後の会津の様子を語るうちに、いつしか夏が去り、秋が近づいていた。

二三江と峰は時に嗚咽を洩らし、新島は目を潤ませて聞き入ってくれた。三人は、まれに八重の言葉を確かめるほか、感想めいたことはほとんど口にしなかった。それが、八重には何よりありがたかった。

「せっかくここまで聞かせてくれはったんやさかい」

そんなふうに二三江にせがまれて、米沢での日々や覚馬が生きているとわかって京都に来るまでのすべてを話し終えたときには、すでに彼岸が過ぎていた。

「長い話にお付き合いくださいまして、ありがとうございました」

八重は、心から頭を下げた。

「いややわ。御礼を言わなあかんのは、うちのほうやわ。さぞかし、しんどかったやろ。よう話してくれはった。おかげで今まで知らへんかったこと、ぎょうさん勉強させてもろうたえ。峰はんにも、辛いこと思い出させてしもうて、堪忍な」

「二三江さんの言う通りです。八重さん、ありがとう。峰さん、すまなかったね」

新島がきっちり頭を下げると、峰が少しうろたえたような顔で首を振った。

「いいえ、私なんて何も。やはり、今後のためにも聞いておいて良かったと思います」

「一つだけ、言わせてもらってかまわないだろうか」

新島が八重に向き直った。

「ええ、どうぞ。ただし、できるだけお手柔らかにお願いしますね」

何もかも残らず語り尽くした安堵感も手伝って、冗談めいた物言いが加わった。

「八重さんは、戦で亡くなった会津の方々や斗南へ移住した旧会津藩士とその家族、とりわけ親友ともいえる中野竹子さんに、重い負い目や自責の念を感じている。わたしには、そう思えてならないんだ。違うかな」

「……確かに、そうです」

「そのことについて、他人がとやかく言うべきではない。それはよくわかっているつもりだ。前にも話したが、争乱が起きているとの日本からの手紙を受け取ったとき、家族のみなに望まれたにもかかわらず、わたしは帰国する気はまったくなかった。アメリカでは、わたしが初めてボストンの地を踏む三か月ほど前に、南北戦争が終結したばかりだった。両軍合わせて六十二万人もの死者を出した、同国人同士の戦だ。アメリカに着いて以来、様々な人からその戦の悲惨さを聞かされていたせいもあって」

不意に言葉を詰まらせて、新島は肩で息をついた。

唾を呑むのも憚られるほどの張り詰めた空気が、束の間あたりを満たした。

「しかし……しかしね、津田梅子君や山川捨松君たちの話を聞き、帰国してからは家族や友人知人から当時の有様を教えられ、そして八重さんの辛さをこらえてしてくれた話を聞くうちに、心の隅でわたし自身を責めていた声が次第に大きくなっていった。お前は、故国の危機から逃げていたではないか、ハーディご夫妻の翼に守られて一人のうのうと勉学を楽しんでいたではないか、と」

「そないなこと」

二三江のつぶやきに、新島が小さく首を振った。

「いや。確かにわたしは、海の向こうで高みの見物を決め込んでいた。ほとぼりがさめた頃に帰国して、綺麗ごとに聞こえる御託を並べてしまった。日本人として恥ずべきだった」

「けど、もしも新島はんが帰ろ思わはっても、アメリカからやったら箱館の戦かて終わってたかもしれまへんえ」

「そうかもしれない。だが、一度胸に湧いた自責の念は、ねじ伏せようがないんだ」

新島が、八重の目をしかと見据えた。

「八重さん。わたしは、これも主の御計らいなのだと思う。重い負い目や自責の念を抱えているからこそ、成し得ることがある。果たすべき使命を与えられている。こんなふうに言うと、また弁解がましく響くだろうか」

八重は、新島の目を見つめ返しながら、彼の言葉をじっくりと反芻した。

胸が震えた。瞼の裏が熱かった。新島の澄んだまなざしに魂が揺さぶられた。

「決して弁解などとは思いません。むしろ、新島さんの気高い御決意と受け取らせていただきます」

「ありがとう」

礼を言われるのは今日はこれで二回目だ、と八重はぼんやり思った。

その夜降り出した雨は、幾日も降り続いた。山の木々を否応なく色づかせようとする雨だった。長雨が止むと、待ちかねていたかのように、虫たちがかまびすしいほど集《すだ》き始めた。

そして、十月も半ばを迎えた今日、八重は新島に呼び出されて丸太町橋の袂で落ち合った。

「大切な話があるんだ」

新島はそう言って、鴨川沿いの道を荒神橋に向かって歩き出した。

八重が一、二歩下がってついて行こうとすると、手招きして隣に並ばせる。

「八重さんには、そういう真似は似合わないよ」

微笑む横顔が、八重の目に少しまぶしく映った。

並んで歩を進めるものの、新島は大切な話とやらをなかなか切り出そうとしない。それでも、沈黙がちっとも気詰まりではなかった。

左手に御所を眺めながら、荒神橋を過ぎ、今出川のほうまで上がった。河原で一羽の白鷺が羽を休めていた。もうじき賀茂大橋というところで、新島がつと足を止めた。つられて立ち止まった八重は、何の気なしに新島を振り仰いだ。

「あの……大切なお話って」

八重に見つめられた新島が、つと目をそらした。

身体の脇で両手を広げ、大きく息を吸い込んで、ゆっくり吐き出す。夕映えの空を見上げて背筋をそらす。

そうして、おもむろに八重に向き直った。

「八重さん。わたしのパートナーになってください」

「パートナー……」

鸚鵡《おうむ》返しに訊く八重に、新島は大きく一つうなずいた。

「わたしと結婚しませんか」

思いがけない急な申し出に、胸が激しく轟いた。八重は、もじもじと両手の指をからませた。

「……すでにお話ししましたが、私には会津時代に夫と呼ぶ人がいたのですよ」

「むろん、憶えていますとも」

新島がにっこり笑いかけてきた。

「八重さんと知り合う前ですが、槇村さんに、あなたは細君を日本人から迎えるのか、外国人から迎えるのか、と訊かれたことがあります。わたしは、外国人は生活が違うから、やはり日本人を娶《めと》りたいです、と答えた。しかし、亭主が東を向けと命ずれば三年でも東を向いている東洋風の婦人は御免蒙ります、と。そうしたら槇村さんは、それであれば女紅場に奉職している山本先生の妹さんがちょうど良い。彼女は日本人離れした情の強い女でね、わたしの家に度々来ては学校のことで色々と難しい注文を付けて、わたしを困らせるのだ。と、そんなふうにおっしゃった」

「まあ。困らせる、なんて。せっかく英語を教えるなら、外国人の教師から本格的に習うほうが良い、とか、補助金を増やして教場の環境をもっと充実させるべきだ、などと申し上げましたけど、どれも当然のことではありませんか」

「だが、日本の婦人は、あなたのようにはっきり物を言わない。まして、知事を相手に堂々とは」

「それは、そうでしょうが」

「八重さんは、日本婦人にはまれに見る豪胆な人だ。何しろ、井戸の上に渡した板戸に座って、平然と縫物をするくらいだからね」

そう言われて、にわかに頬が熱くなった。あのときの八重は、槇村が自分を結婚相手として新島に勧めたとは、つゆ知らずにいたのだ。

「わたしは、八重さんとなら、それぞれ同じ大きさの一粒の麦になれると思うんだ。わたしと八重さんだからこそ、成し得ること、果たすべき使命がある。等しく神の導きを受ける身として、互いに精一杯の力を尽くし、ときには競い合い、励まし合い、支え合っていけると思う」

一粒の麦。地に埋もれて芽を出し、葉を茂らせ、やがて多くの実を生《な》らせる。他人の幸のために命を捧げる主の教え。

八重がヨハネの福音書の二十四節に思いを馳せたとき、ふいに河原の白鷺が空へと羽ばたいた。

「どうだろう、八重さん」

新島の肩越しに、白鷺が悠々と飛んでいく。夕映えの空に羽を広げて飛んでいく。

「承知いたしました。よろしくお願い申し上げます」

少し考えさせてください、と言うつもりが、知らず知らずのうちにそう応えていた。

川面を渡る風が、火照った八重の頬を優しく包んだ。

新島の申し出も思いがけないものなら、自分の答えも思いがけないものだった。あまりに思いがけなかったせいで、その後どんな話をして、どうやって帰路に着いたのか、ほとんど憶えていないくらいだった。

大きな満月があたりを照らしていた。金色の月の光が、八重が手にしている簪《かんざし》にも惜しげなく降り注ぐ。珊瑚《さんご》で瓢箪《ひょうたん》を模《かたど》った銀脚の玉簪は、流浪を重ねた間も肌身離さずに、ずっとお守りにしてきた竹子の形見だ。

「本当に、人生というのは何が起こるかわからないものですねえ」

八重は、簪に向かって小さく語りかけた。

「半年ほど前に初めて会ったとき、あの人は、ゴルドン先生の靴を磨いていたの。だから私、てっきり下男だとばかり。まさか、あの人と結婚することになるなんて、夢にも思わなかった」

八重の吐息が夜風に溶けた。

「竹子さん、憶えていますか。かつて、あなたに前の夫の繁之助殿とのことを訊かれたとき、私は、繁之助殿とは朋輩のようなもので夫婦の情愛というものがわからない、と答えましたね。まさしくその通りで、だからこそ、戦の後の混乱のさ中とはいえ、私はあっさり繁之助殿と別れたのでした。でも、あの人は、まったく違うのです。不器用で頑固で、流れに身を任せれば自分も周りも楽だとわかっていても、自分が信じる道をひたすら真っ直ぐ歩かずにはいられない。そんな私をまるごと受け止めてくれるのです。そして、しっかり寄り添ってくれる。男の体面などにこだわったりせずに、素直な心を見せてくれる」

月明かりに、新島の面影が浮かんだ。八重は、それに向かって竹子の形見の簪をかざしてみた。

「あの人なら……薩長方への烈しい怒りや深い恨みや、自分自身でも恐ろしくなるほどの憎しみを、いつか拭い去ることができるのかどうか。会津人としての誇りを捨てずに、いずれあなたと会ったとき恥ずかしくないように、それができるのか。その答えが、あの人と一緒ならば、見つけられるような気がします」

月光を浴びた簪が、きらりと輝いた。

新島と結婚の約束をしたと報告すると、覚馬は「新島さんなら間違いない」と顔をほころばせた。

「今度こそ、人並みの幸せを摑んでおくれ」

さくは、八重の手を両手で包んで涙ぐみ、

「何て素敵なんでしょう。こうなればどんなに良いかって、目貫屋さんに通うようになってから、ずっと思っていました」

峰は、小躍りせんばかり。

家族全員が喜んでくれたのは、八重にとって何より嬉しいことだった。

八重と婚約した新島は、仮校舎となる家を華族から借り受けたり、一人でも多くの外国人教師を集める算段をしたりと、開校に向けて奔走を重ねていた。その陰で、京都の僧侶たちはしばしば集会を開き、キリスト教主義の学校設立には断固反対、開校するなら京都府外に追放せよ、と槇村知事に迫る建白書を出した。また、新島が多数の外国人教師を招聘していると知った槇村は、「府立の学校より多くの外国人教師を雇おうとしているとは」と機嫌を損ね、新島と距離を置くようになっていった。

開校まであと一週間に迫った日、新島は槇村の強い要求により、開校の暁は校内にて一切聖書を教えず、との誓約書を京都府に提出させられた。

「槇村さんも、あんまりな」

八重が憤慨すると、新島は、淡く苦笑いして首を振った。

「大丈夫だよ。これしきのことで、一粒の麦は枯れたりしない。仮にキリスト教の信仰は教えられなくても、真理は教えられる」

そうして明治八年十一月二十九日、同志社英学校が開校した。教師は、校長の新島とアメリカン・ボードの宣教師ジェローム・ディーン・デビスの二人。生徒は八人だった。小さな一歩のようだが、間違いなく志高き一歩であった。

開校を祝うささやかな式典で、八重は新島の婚約者として列席者に紹介された。

同志社英学校は、今はほんの小さな一粒の麦だけれど、どうか太い芽を出し、青々とした葉を茂らせ、多くの実を結びますように。

新島の隣で列席者に挨拶しながらも、八重は、そう神に祈らずにはいられなかった。

ところがそれからわずか数日後、仕事を終えた八重が覚馬の家に立ち寄ると、覚馬がいつになくひどく暗い顔をしていた。さくも峰も時恵も眉を曇らせており、普段はちょこまかと座敷を駆け回っている久栄まで、時恵の膝におとなしく抱かれている。

「何かあったのですか」

「それがな、今日、府の学務課の者が同志社へ調べに入ってみたら、聖書を教えていたというので、えらい剣幕で怒って役所に帰ったそうなんだ。この先、大変な事態になるかもしれぬ」

顔から血の気が引いていくのが、はっきりわかった。八重は、膝頭をぎゅっと摑んだ。

「まさか、同志社は京都から追い出されるような破目に」

「さあ、どうだろうか。槇村さんは、意固地なところがあるからな」

それは八重も、槇村に女紅場の補助金を頼みに行ったりした際に、一度ならず感じていた。

「新島さんも、今頃さぞ気を揉んでいるだろう。お前、わたしの代わりに新島さんを見舞ってくれ」

是非ともそうしたいと思っていたことを言いつけられて、八重はさっそく腰を上げた。

「私も連れて行ってください」

峰が八重に続いた。

八重と峰は、交わす言葉もなく、とっぷりと暮れた河原町通を北へ北へと急いだ。初冬の風が肌を刺した。「大変な事態になるかもしれぬ」と言った覚馬の声が、耳にこびりついていた。足の裏から背筋まで寒気が這い上がってきた。

荒神口通の手前、河原町通と寺町通の間にある新島の借家の玄関先で、八重は峰を振り向いた。峰が思い詰めたような顔で息を切らしていた。八重の息も弾んでいる。

大きく深呼吸してから、表戸に手を伸ばした。

「ごめんください。夜分に失礼いたします」

張り上げた声が少し震えた。

「おや。どうしました」

玄関に出てきた新島の声音も顔つきも、常に変わらず落ち着いたもので、八重は膝から力が抜けそうになる。

「昼間、学務課の方が同志社を調べに行った件を聞きまして、それで」

「それはわざわざ」

新島は、八重と峰を中に招き入れた。勉強中だったらしく、机の上に書物が広げられていた。

「学務課の方は、たいそうお怒りだったとか。誓約書のこともありますし、せっかく開校なさったのに、万が一のことがあっては……。新島さんには、さぞかし御心痛だろうと駆けつけてまいりました。兄も非常に案じております」

「先生、大丈夫ですか」

身を乗り出す八重と峰に、新島は頭を下げた。

「色々御心配くださって、ありがとう」

ゆっくりと上げた顔に、穏やかな微笑が浮かんでいた。

「しかし、わたしは一向に気に留めておりません。同志社は神の御手《みて》にあります。同志社のすべては、神にお任せしているのです」

何と強い言葉だろう。何と清らかな言葉だろう。神を信じる、信じ切るとは、きっとこのようなことなのだ。

胸を揺さぶられて見上げると、新島は八重の目を見つめてうなずいた。

「大丈夫です。神は必ず、良きようにお取り計らいくださいます」

「良きお取り計らい……」

「たとえ窮地に立たされたかに見えようとも、のちのち同志社のためになることであれば、神は泣きながら試練をお与えになるのです。その神の愛を心安らかに、ありがたく受け取ればそれで良い。山本先生にも、どうか御心配なさらないように、よろしくお伝えください」

新島の身体が一回り大きく見えた。

この方と結婚の約束をして、本当に良かった。この方となら、手を携え合って高みを目指していける。

八重は、心の底からそう思った。

八重と峰は、新島に送られて覚馬の家に帰った。新島は、もう遅いからと門前で引返したが、新島の言葉を伝えると、覚馬は手を打って喜んだ。

「なるほど、そうだ。同志社は神の御手にあるのだ。同志社は、必ず栄えていくに違いないのだ。そのことを忘れて、お前たちを新島さんのところへ見舞いにやったのは、我ながら軽率だった。恥ずかしいことだ。それにつけても、新島さんはただ者ではないな。大した器だ」

新島への覚馬の感嘆が、八重には我がことのように誇らしかった。

その後、八重たちの懸念をよそに、新島は厳重注意を受けただけで済んだ。それを聞いて胸を撫で下ろしたのも束の間、八重は槇村に呼び出された。そして槇村は、女紅場を解雇する旨を八重に通告したのだった。

「なぜ、こんな唐突に。私が何かご迷惑をかけるようなことをいたしましたか。また、これは校長も承諾していらっしゃるのでしょうか」

八重は毅然として槇村に訊ねた。

「わたしが決めたことだ。誰にも口は挟ませぬ」

「理由をお聞かせください」

「相変わらず気の強い女だな」

槇村が、そっぽを向いて吐き捨てた。

「理由もわからずに従うわけにはまいりません」

「では、申し上げよう。あなたは、女紅場でしばしば聖書の話をしているそうだね。このまま、あなたがキリスト教を教えるようになれば、すべての生徒は女紅場をやめてしまうだろう。何しろ、女紅場の生徒たちは、伝統を重んじる京都で育っているのだからね」

そんな馬鹿な。

そう言いかけて、ふと口をつぐんだ。

同志社と同じように、自分もすでに神の御手にある。すべては神にお任せしよう。

「承知いたしました。三年あまりの間、大変お世話になりまして、ありがとう存じます」

威儀を正して槇村にお辞儀をし、八重は、さっと踵を返した。

槇村とのやりとりを聞いて、新島は血相を変えた。

「因循姑息《いんじゅんこそく》とは、このことだ。八重さんは、とんだとばっちりを受けたんだ。現に、二三江さんだって生徒たちに聖書を語っていても、解雇されてはいないのだろう」

「ええ。解雇されたのは、私だけです」

「やはり、私と婚約したせいだ」

新島が、太い眉をひくつかせた。

「いいのです。これで福音の真理を学ぶ時間が、たっぷりとれますから」

八重がにっこり笑うと、新島は大きく肩をすくめた。

「さすがは山本先生の妹だね。何者をも恐れずに信念に従うところは、先生にそっくりだ」

「たぶん、強情なところも兄譲りですよ」

「いや、いや。強情さにかけては、先生をはるかにしのぐでしょう」

「おっしゃいましたね。でしたら、今後はどうぞ御覚悟くださいませ」

二人は声を合わせて笑った。

外は木枯らしが吹いていたけれど、八重の胸は温かかった。

宣教師ジェローム・ディーン・デビスが、正装した八重の顔をちょっと覗き込んだ。

「山本八重。あなたは神の定めに従って、命のかぎり固く節操を守ることを誓いますか」

八重は、傍らに立つ新島にちらと微笑みかけ、デビスの目を真っ直ぐに見つめた。

「はい。お誓い申し上げます」

大きくうなずいたデビスが、新島と八重の手を取って重ねさせ、その上にそっと自分の手を置いた。

デビスの祈りの声が、八重の胸に沁みた。

「ただ今、両名は神と会衆の前において夫婦たるの誓約をいたしました」

デビスが重々しく告げ、ここに八重は新島の妻となった。

前日に八重が洗礼を受けたことも、キリスト教に基づくこの日の結婚式も、京都における魁《さきがけ》だった。

明治九年一月三日。新島襄三十四歳、八重三十二歳。決して若いとはいえぬ新郎新婦である。けれども八重は、自分たち二人の前には皓々たる月明かりに照らし出された、ひとすじの道が果てしなく続いているものと信じていた。

竹子さん、見ていてくれましたか。私はたった今、新島八重となりました。

神はすべての罪を許し給い、決して誰のことをもお見捨てになりません。

それがよくわかったからこそ、私はクリスチャン・レイディーになり、夫とともに一粒の麦として生きていく道を歩き始めたのです。これからは、神から与えられた自分の使命を果たすべく精一杯の力を尽くすことをあなたにも誓います。

主よ、終わりまで仕えまつらん　御側《みそば》はなれずおらせ給え
世の戦いは激しくとも　御旗《みはた》の下におらせ給え

参列者に見守られ、新島と八重は声高らかに讃美歌を唄った。

二

「今日からわたしは、あなたを八重と呼び捨てにする。だから、あなたもわたしのことを襄《じょう》と呼んでくれ」

結婚式を終えた日の夜、夫からそう言われて、八重はいささか面食らった。

「あの……私は呼び捨てにしていただいて、一向にかまいませんけれども、あなたをそうするのは少なからず気が引けます」

「気兼ねは無用だ。かねてから思っていたのだが、この国では、夫は妻から旦那様とか太郎様とか次郎様などと呼ばれているにもかかわらず、自分は妻を呼び捨てにする。それではまるで、主人と女中ではないか。前にも言ったように、わたしも八重も、等しく神の導きを受ける身だ。これから、わたしたちは西洋風に互いをファーストネームで呼び合おう」

こんなことを言う日本人の男は初めてだ。これが、私の夫なのだ。

夫の顔がまぶしく見えた。

「さあ、わたしを襄と呼んでごらん」

「……襄」

「そうだ。今後は誰の前でも、怖《お》めず臆せずそうしてくれ」

「襄。マイハズバンド、襄」

「いいぞ。その調子だ」

襄が顔をほころばせて、八重の肩を抱き寄せた。

そうして始まった結婚生活には、意外なことがいくつかあった。

まず一つ目は、その精神の逞しさとは裏腹に、襄が生まれながらに蒲柳《ほりゆう》の質であったことだ。偏頭痛や不眠症や眼病に悩まされる襄のために、八重は看病はもちろん、滋養のある食事を用意し、鬱陶しがられるのを承知の上で、少しでも休息をとるよう強く勧めなければならなかった。

「才子多病とはいうものの、これではアメリカにいらした時分、ずいぶん大変な思いをなさったでしょう」

八重があえて明るく訊ねると、襄は寝台に横たわったまま首を振った。

「ハーディさんやアーモスト大学のシーリー教授のお宅に厄介になっていたときには、夫人たちがまるで実の母のように、そう、今の八重のように世話をしてくれて、とても心強かったよ。ただ、岩倉使節団の田中さんと一緒にヨーロッパを視察していた間は、リウマチも出て、さすがに辛かったな」

「では、もうあまりお辛い目に遭わないために、私の言いつけをちゃんとお聞きくださいませね」

襄の気を引き立てようと少しおどけてみせて、八重は蒲団の襟元をそっと直した。

眠りにつく前には、二人声を合わせて日本語で神に祈りをささげる。だが、襄は眠れぬままに夜更けを迎えると、一人ひそかに寝台を下りて、英語で熱心に祈っていた。その長い祈りの中には、しばしば「プリーズ・マイ同志社」の言葉が差しはさまれた。

八重は寝たふりを続けながらも「どうぞ襄と同志社をお守りくださいますように」と胸のうちで祈るのだった。

結婚してからわかった意外なことのもう一つは、襄に気が短く怒りっぽい面があることだ。機嫌が悪くなると、襄の額には、太い眉に負けぬくらい太い筋が刻まれる。

ある日、帰宅した襄は、ろくに物も言わずに食事を始めた。その額には、くだんの筋がくっきり刻まれていた。

「今日はせっかく良いお天気なのに、雷様が太鼓を打ち鳴らしそうですよ。おお怖い」

八重は、襄の機嫌の悪いときには、いつしか冗談を口にするようになっていた。

「何を言うんだ。雷なんか鳴りそうもないじゃないか」

襄が八重に怪訝な顔を向けた。

「ときに、あなたは女今川《おんないまがわ》という本をお読みになったことはありますか」

「そんな馬鹿な本を読むわけがないだろう」

「あら、決して馬鹿な本ではありませんよ。ぜひ一度お読みになれば良いわ」

女今川は、貞享年間に刊行された絵入りの往来物で、昔は女子の教訓書や手習いの手本に使われたものだ。

「お前は、さっきからいったい何を言っているんだ」

襄がますます怪訝な面持ちになるところへ、八重は澄まし顔をつくって背筋を伸ばした。

「女今川に書いてあります。一つ、人来たるとき、我不機嫌に任せ怒りを映し無礼のこと」

八重は手にした本を朗読するごとく、その一節を諳んじた。と、襄が食事の手を止めた。

「実は今日、学校で生徒と教師の間にちょっとトラブルがあったんだ。それで、つい顔に出てしまった。どうぞ許してくれ」

「ほかに家族のいないこの家では、あなたの不機嫌なときに私が冗談でも言わなければ、誰もあなたを慰めることはできません。私でしたら、いくらでもあなたの不機嫌な顔に耐えられますが、そのようなお顔を同志社でなさっては、教師も生徒も何と思うでしょうか」

「安心してくれ。書生諸君の前では、断じてこのような顔を見せぬよう肝に銘じる」

襄が右手を胸に置いてきっぱりと言った。

気が短くて怒りっぽくても、それを直ちに自制するのは、襄が持っている大きな美徳だ。薩長方に長い間恨みを抱いていた私には、とても真似できない。

太い筋が消えた襄の額を眺めながら、八重はつくづくそう思った。

襄の美徳は尊敬すべきものではあるけれど、彼には一つ困ったところがあった。襄は仕事机の上だけは、いつもきちんと片づけるのに、ほかは散らかし放題なのだ。服は脱いだら脱ぎっぱなし。しかも、歩きながらどんどん脱ぎ捨てていくので、八重は襄の後について それらを拾って歩かねばならない。何度「洗濯物は洗濯籠に入れてくださいな」と頼んでも、襄の耳を素通りしてしまう。

アメリカで覚えたというジャガイモのパイや煮豚などを手ずから拵えたり、八重に作り方を教えてくれるのは嬉しい意外だったが、料理を拵えた後の台所もまた散らかし放題だ。馴染んだものでなければ使いにくい、と言うわりに「耳かきがない。爪切りはどこへいった」と探し回るのもしょっちゅうで、八重は「使ったものは元の場所へ戻せばよいだけではありませんか」と言うのも言い飽きてしまった。

とどのつまり、襄はものすごい努力家で熱意あふれる教育者で信仰者で、八重にはない美徳の持ち主である反面、子供のまま大きくなってしまった男でもあったのだ。

その年、新緑が目に鮮やかな季節に、襄の両親と姉と甥が安中から越してきた。襄と八重は、借家の離れを借り増して彼らを迎え入れた。

父の民治は、襄と同じリウマチの持病があると聞いていたが、七十を超えて矍鑠《かくしやく》としており、病弱と聞かされていた母のとみも、女中と一緒に毎日台所でくるくると立ち働く。亡き弟の養子である甥の公義《きみよし》は大人しい性質のようだが、姉の美代は快活で話好きだった。

「八重さんは、たいそうな男勝りだそうだけれど、それについては私のほうが上かもしれませんよ」

みなが揃った夕餉の席で、美代がいたずらな笑顔を見せた。

「何しろ、私は四つになるまで美代吉と呼ばれて、男の子の着物を着せられて育てられたんですもの」

「お姉様が男の子……」

「そうですよ。私の上も女が二人で、私が生まれたときにお祖父様はひどくがっかりなさってね、女ばかりが続いた末の子を男の姿で育てると、次に生まれるのが男の子だというので、そんな破目になったわけ。ところが、私の下に生まれたのもまた女。お祖父様はがっかりもきわまって、私を女に戻してくれたのです」

「しかし、妙なものでのう。あれから三十年以上も経つというのに、今でもつい美代吉と呼びそうになってしまうときがあるわ」

民治が真面目に言うのがおかしかった。

「この人が生まれたのは、天保十四（一八四三）年の一月十四日の朝だったんだけれど、大きな産声が響いても、お祖父様ときたら、どうせまた女だろうって寝床から出ようともなさらなかった。それで、お産婆さんが今度は坊ちゃまでございます、と伝えると、お祖父様は、しめたッと叫んで飛び起きられたの。その日は、まだ七五三縄《しめなわ》が飾られていたのとお祖父様が叫ばれた快哉《かいさい》を引っかけて、赤ん坊は七五三太《しめた》と名付けられたの。今じゃアメリカ人からもらった襄なんて名前で気取っているけど、この人はもともと冗談からつけられたような名前だったのよ」

「そこまで言われちゃ、面目丸つぶれだなあ」

襄が、大袈裟な仕草で頭をかいた。

八重は、襄の幼名やその由来をとうに本人から教えられていたものの、こうして家族の口から聞くのは、また格別な楽しさがあった。

「それにしても、あなたがクリスチャンになるとはねえ」

「いやだな。そういう言い方をしなくても良いじゃないですか」

美代に横目で睨まれて、襄は眉を寄せた。

「だって、ほら水天宮さん」

美代はくすくす笑って、八重のほうを向いた。

「この人は、女四人の後に生まれた待望の男の子でしょ。おかげで、お祖父様にずいぶん可愛がられて、わんぱくで横着な子に育ったの。七歳で素読を始めたものの、凧揚げばかりに夢中で、九歳から絵を習って少し落ち着いて、学問に打ち込むようになったのは十歳くらい。十二歳になると、剣術にもよく励むようになりました。あれは、確か十三の年の寒稽古の日」

「やめてくださいよ、そんな昔の話」

「いいではないの。八重さんに隠し事をしても始まりませんよ」

その日、寒稽古を終えて帰宅した襄は、無言で二階に上がったきり下りてこなかったという。あまりに静かなので美代が様子を見に行くと、襄が一心不乱に紙縒《こより》をこしらえている。「何をしているの」と訊いた美代に「女ってものは黙っているものだ」とぼそりと応え、襄は再び家を出て行った。

「何に使う紙縒だったのですか」

「お百度詣りですって。ね」

美代に振り向かれて、裏が小さくうなずいた。

「寒稽古の三本勝負に勝てるように、水天宮に願をかけたんだ。もし勝てたら、お百度詣りをして御礼をする、と。一度詣るごとに紙縒を一本投げて勘定し、とうとう百度。しかし、門から拝殿まで結構な距離があってね、早くも十五回目くらいで足を前に進めるのが辛くなっていた。あのとき、神様と軽々しい約束をしてはいけない、と心の底から思ったものだ」

少年の裏が、足を引きずりながらひたすらお百度詣りをしている様子を思い描けば、微笑ましい気分になった。その一方で、今の裏が神と真剣に向き合う姿の根底には、このようなことがあったのか、と思えば、八重はちょっと身の引き締まるような気持になるのだった。

民治もとみも美代も、八重が裏を呼び捨てにすることや、裏がレディファーストを実践して、八重のために戸を開けて先に部屋の中に入れたり、椅子を引いたりするのを目の当たりにしても、嫌な顔ひとつしなかった。それは裏が「わたしと八重は、新しい夫婦の在り方を築きます」と宣言していたためばかりではなく、彼らの人間としての深さと賢さなのだと八重は思っていた。

こちらが尊敬の念をもって孝養を尽くそうとすれば、おのずと相手に伝わるとみえて、民治もとみも美代も、そして公義も、長年一緒に暮らしてきた家族のように八重に接してくれた。八重は、新島家の家族の一員となったことをあらためて神に感謝する日々だった。

この年の夏の終わりから、閉鎖となった熊本洋学校の生徒だった者たちが、続々と同志社に入校した。九月の半ば過ぎに、同志社英学校は旧薩摩藩邸の跡地に新築した校舎に移転し、さらに生徒を受け入れ教師を増やした。教育に情熱を傾ける傍ら、襄は、アメリカ人教師ラーネッド宅の京都第一公会設立に尽力したり、あちこちで説教をしたり、年末には自宅に京都第二公会を設立して仮牧師となるなど、伝道にも熱心に取り組んでいた。

同志社では三教科の教鞭をとり、安息日に説教をし、自宅では週に二回祈禱会と信仰質問会を開き、毎週水曜日の夜になると宣教師の会合に出席する。

そんな襄を見ていると、いつ倒れてしまうかと、八重は、はらはらせずにいられない。神経をすり減らしているせいだろう。夜が来て横になっても、襄がろくに眠れていないのがよくわかった。

「あなたは様々な活動をなさり過ぎです。お願いですから、少しは御自分の身体のこともお考えください」

夜半の寝台で、八重は襄に声をかけた。

「心配をかけてすまない。しかしね、それらの活動は、わたしにとってはとても喜ばしくて、やめられないのだ。この世にあるかぎり、わたしは充分に休めないだろうと思う」

「あなたの持病のうちで一番重いものは、仕事中毒という病気ですね」

笑ってくれるかと思ったのに、襄はそうしなかった。

「これは、祝福された主の栄光の十字架だ。願わくば、わたしがこの十字架を担い続けることができるよう、いつも祈ってくれ」

「もちろん、祈らせていただきますとも」

八重は襄の胸にそっと頬を寄せた。

八重とて、襄のために宣教師の夫人たちから洋食の作り方を習ってせっせと料理したり、この春からはドーン夫人と自宅で私塾を開いたり、秋になって女性宣教師スタークウェザーがデビス宅で京都ホームと呼ばれる女子塾を始めると、そこでスペリングや小笠原流の礼法を教えたりと、なかなかに忙しい。けれど、生来丈夫なおかげで、一向に疲れを感じなかった。できることならば、八重は、自分の頑健さを襄に分けてあげたいくらいだった。

明くる年の春、襄は、府から京都ホームを引き継いで女学校を開く許可を得た。京都御苑内の旧柳原邸に同志社分校女紅場として開校したそこで、八重は礼法の教員となった。また、京都第二公会設立のとき、峰とともに洗礼を受けていたさくは、時恵との折り合いがあまり良くなかったこともあって、舎監として務め出した。

この同志社分校に新たに雇い入れる二人の女性宣教師の居住許可をはじめ、役所へのあらゆる申請や折衝は、すべて校長たる襄の仕事だった。折衝がうまく運ばぬときには、襄は自ら東京まで出向いて陳情に及ばねばならなかった。それでも、その秋に同志社女学校と改称したそれを、翌明治十一年夏には同志社英学校と同じ今出川校地に移転させた。

また、襄は八重を伴って大津や岸和田などへ伝道に出かけ、熱心に聴衆に語りかけた。

「男子だけが救いの道を学ぶべき存在であるのではなく、女子もまた同様です。我が国のように女子が奴隷のごとくさげすまれている間は、社会状態は決して良くなりません。逆にキリスト教を知り、教育を受けて高められていくと、彼女たちは社会を浄化するのに男子以上の働きをするのです」

男も女も等しく神の導きを受ける身である、という信念に貫かれた襄の言葉は、多くの人々の胸を打ち、目を開かせた。

その頃、襄と八重の念願であった新居も完成した。親世帯と襄たちのための二棟からなるのだが、襄と八重が暮らすほうは、洋室が主体の和洋折衷の造りにした。

家が広くなったこともあり、さらには襄の気晴らしと親睦も兼ねて、八重は同志社英学校の生徒たちをしばしば招いて手料理を振舞った。何組かに分けて順番に招くとはいえ、すでに百人を超える生徒たちを迎えるとなると、八重と女中のシオだけでは手が足りず、峰に助っ人を頼むことが増えていった。

「叔母様も、お人が好いですねぇ」

満腹となった生徒たちを送り出したある夜、峰が少し同情するように言った。十七にもなると、いっぱしの大人と同じ口を利くものだ。

「私は当たり前のことをしているだけですよ。生徒たち、特に熊本洋学校から来た人たちは、故郷を遠く離れて淋しい思いをしているでしょうからね。精々美味しいものを振舞って、元気をつけてもらわなければ」

「その熊本バンドの人たちが、問題なのです」

熊本バンドとは、熊本洋学校に在籍していた者たちのことだ。彼らは、封建的でいささか頑なな気質を持ち、一挙手一投足に至るまでクリスチャンであるのを誇示するかのような行いをする上に、先に熊本洋学校で受けた教育のおかげで揃って成績が良いために、時には平然と教師をないがしろにした態度を取る。それで宣教師たちは、同志社における毛色の変わった存在という意味を込めて、彼らを熊本バンドと呼ぶようになったのだった。

「そういう呼び方は、いかがなものかと思うわ」

「ですけど、あの人たちは陰で叔母様のことを」

「鵺《ぬえ》というあだ名で呼んでいる」

「えっ。御存じだったのですか」

目をしばたたく峰に、八重は笑ってうなずいた。

「女も大厄《たいやく》の坂を超えると、自分の悪口だけには耳ざとくなるらしいわ」

熊本での古い因習を引きずっている彼らが、和服に派手な帽子や靴といった和洋折衷の格好をしたり、夫を呼び捨てにしたり、夫より先に人力車に乗ったりする自分を毛嫌いしていることを八重はとうに知っていた。

「鵺って、八重に引っかけたのかしらね。狸だの猪だのと呼ばれるなら、ぞっとしないけど、鵺は源頼政が紫宸殿《ししんでん》の上で射取った伝説上の獣でしょ。だったら何だか面白いではないの」

「叔母様がそんなだから、徳富さんとか金森さんとか、あの人たちは図に乗って」

「新島先生の結婚は生涯唯一の失敗である、とまで言っているんでしょう」

八重がさらりと言うと、峰は唇を噛んだ。かつて父親似だった峰は、女の徴を見た頃から、生母の宇良の面影が濃くなってきていた。

「峰がそうやって悔しがってくれるのは、嬉しいわ。でもね、言いたい人には好きなように言わせておけば良いの。襄が私と結婚したことを悔やんでいないかぎり、彼らの全

峰の顔を見つめて応えた。

八重は、覚馬に嫁いできた頃の初々しく美しい宇良の面差しを思い出しながら、峰の顔を見つめて応えた。


明治十二年の六月十二日、同志社英学校の記念すべき第一回卒業式が執り行われた。卒業生は余科（神学科）の十五名で、全員がいわゆる熊本バンドの者であった。襄は、その中から山崎為徳《ためのり》、市原盛宏《もりひろ》、森田久萬人《くまと》を教員に採用して教育体制の強化を図り、同志社英学校は、また一歩確実な前進をしたかにみえた。

ところがその夏、宮崎や鹿児島への伝道旅行から戻った襄は、暑気あたりしたにしても、ずいぶんひどい顔色をしていた。

「何を悩んでいらっしゃるんですか」

八重が食卓越しに覗き込むと、襄は目を泳がせた。

「学校のことですね。教員たちや信頼している教え子たちに打ち明けられないお悩みでも、私には、話してください」

「しかし、あれこれと身体を気遣ってもらうだけでも申し訳ないのに、これ以上心配させるのは」

「私はあなたの妻ですよ。あなたが苦しんでいらっしゃるなら、私も一緒に苦しみたい。

それとも、私では不足でしょうか」

　襄が、ゆるゆると首を振った。

「また、槇村知事や寺島外務卿が何か言ってきたのですか」

　昨年、二人の女性宣教師を同志社女学校に雇い入れようとした際に、槇村は外務省に対して『新島は名目上は外国人教師の雇用主となっているが、実際は宣教師である外国人教師に雇われ、年俸を受け取っている。同志社は、新島の名前で設立されているものの、毎年提供されるアメリカン・ボードからの助成金で維持されており、これはアメリカン・ボードの学校である。新島は教育をすると見せかけて学校を始めたが、彼の真の目的は帝国にキリスト教を広めることだ』と報告したという。これに、キリスト教嫌いの寺島外務卿は激怒した。しかし、襄がアンドーヴァー神学校に在籍していたときに、駐米公使として知り合った森有礼《もりありのり》が、現在は外務大輔《だゆう》となっており、襄を擁護し、寺島を説き伏せてくれたのだった。

「実は、森さんから、津田梅子君の父親の仙君を介して、助言が届いたんだ。同志社がアメリカン・ボードの助成金で維持されているとみなされるかぎり、外務卿は、同志社はすなわちアメリカン・ボードの学校だという考えを変えないだろう。そうすればいずれ、新島は外国の学校の名目上の所有者を装った者として厳罰に処せられ、同志社は閉校を命じられる危険が大きい。したがって、一日も早く恒久的な基本金を確保し、その利息によって学校の年間支出をまかなうことを勧める、と」

「そうはおっしゃられても、同志社はすでに耶蘇《やそ》の学校として日本中に知られていますし、耶蘇坊主のゆりかごなどと、からかい気味に呼ばれているのですから、国内で資金を募ろうとしても、ろくに集まるはずがありませんよ」

「残念ながら、わたしもそう思う」

「でしたら……」

襄はふいに背筋を伸ばして、真っ直ぐに八重を見つめた。

「さっきまで迷っていたが、今まさに、心が決まったよ。ハーディさんに手紙を書く」

「ボストンの、あなたのアメリカのお父様に」

「ハーディさんは、今やアメリカン・ボードの運営委員会議長だ。彼を通じてアメリカン・ボードの運営委員を説得してもらい、同志社を運営する基金、少なくとも十万ドルを提供してくれるよう頼んでみるつもりだ」

「うまく運べばよろしいですが」

「何、もしもアメリカン・ボードが基金を提供してくれないなら、わたしはアメリカの資産家の一人一人に土下座して回る。それでも十分な資金が集まらなかったら、同志社のための寄付を乞い願って、町から町へと歩く。キリストのため、そして我が国の将来のために、物乞いとなって大声で叫び歩くのだッ」

次第に高くなっていった声は、最後は吠えるようなものになった。気魄に満ちた目が、そこにあった。

この人は、短気で怒りっぽいというのではなく、激情の持ち主だったのだ。普段は意志の力で、それを抑え込んでいるのだ。

襄の目を見つめ返すと、身体の芯がかすかに震えた。

襄はそれから、明け方近くまでかかって長い手紙を書いていた。

新しい朝を迎えたとき、八重は、襄の必死の思いが、ハーディやアメリカン・ボードの運営委員に通じることを確信していた。

八重の確信は幸いにも現実のものとなり、同志社は虎口を脱した。しかし、明治十三年の春、新たな試練が同志社を襲う。

同志社英学校教師会は、入学時期の違いから上級組と下級組に分けていた二年生が少人数であるため、二つの組の合併を決定。それに反発した上級組の生徒全員が、無届欠席に及んだのだ。その中には、襄の甥である公義と津田仙の長男・元親もいた。襄は、教師会の席で、校則に従って上級組の生徒たちに一週間の謹慎処分を下すが、途中で処分を解く。

「なぜですか。下手をすれば、身内びいきのせいと取られかねませんよ」

謹慎処分を解くと聞いて、八重は少し慌てて襄に訊ねた。

「大丈夫だ。その理由については、明朝の全校礼拝できちんと話す」

襄は静かに応えて書斎に入っていった。

こういうときは、しつこく訊くよりも、その場に足を運ぶのが一番だ。翌朝、襄が学校に向かった後に家を出た八重は、窓の下に身をひそめて全校礼拝を覗いた。ちょうど襄が杖を突きながら生徒たちの前に現れたところだった。

「この度の集団欠席に至る紛争は、生徒諸君の罪ではなく、むろん教師会の罪でもない。すべては、このわたしの落ち度によるものである」

壇上に立った襄は、やや高い声を響かせた。

「これは校長たる徳の欠けたるゆえである。彼らの過ちは、我が不行き届きと不徳の結果に相違ない。されば、如何で彼らを罰することができようか。しかれども、同志社の規則は厳然たるものなり。よって、校長たる自らを罰し、生徒に代わりて規則の重んずべきことを知らしむべしッ」

襄が吠えるように声を張り上げた。その目が大きく見開かれた。

ああ。強い意志の力でずっと抑え込んでいた襄の激情の気質が、本人の意思をねじ伏せて噴き出そうとしている。

八重は、思わず身を乗り出した。今にも中に飛び込んでいきそうだった。と、襄が手にしていた杖が、やにわに振り上げられた。それは勢いよく振り下ろされ、左手の拳に何度も何度も打ち付けられる。襄の左拳が血に染まる。折れた杖の破片が飛ぶ。

八重は両手で口元を覆って、悲鳴を堪えた。

「おやめください」と叫びながら壇上に駆け上がる生徒もいれば、不愉快そうな顔で席を立つ外国人教師もいた。

演壇に襄の血がしたたり落ちていた。それでもなお、襄は肩を喘がせつつ自らの拳を打ち続けた。

襄が数人の生徒に拝み倒されるように壇上から下りるのを見届けて、八重はぎくしゃくと踵を返した。

その日はどうするのかと案じていたが、昼休みの時間になると、襄はいつものように食事をとりにいったん家に戻ってきた。襄の左手には晒が巻かれていた。

「お昼ごはんの前に、お薬をつけて繃帯を巻き直しましょう」

「何があったか訊かないのか」

食卓についた襄が、薬箱を持って来た八重を見上げた。

「ずいぶん激しいお振舞をなさいましたね」

「……見ていたのか」

「はい。とくと拝見いたしました」

八重は襄の傍らに膝をつき、手早く晒を解いていく。

「でも、なぜあそこまで御自分を痛めつけられたのですか」

「礼拝で語った通りだよ。わたしが創設者であり責任者である学校で、生徒が問題行動を起こすのは、ひとえにわたしの罪なのだ」

「では、これがあなたの生徒たちへの愛と赦《ゆる》しの証なのですね」

八重が肉の裂けた左手に薬をすり込むと、襄はかすかに眉を寄せて、そっと目を閉じた。

襄の愛と赦しもむなしく、翌月には紛争が再燃し、ついに徳富猪一郎や河辺鍋太郎、湯浅吉郎《きちろう》ら数名が退学してしまう。せっかくの襄の気持を踏みにじって、と八重は憤懣やるかたないが、襄は、東京へ行った徳富たちに宛てて、飲酒などの誘惑に負けてはならぬとか、東京の教会に移るなら移転書を送るとか、温情あふれる文言を記した手紙を書き送っていた。

「あなたも、お人の好いこと」

八重はいつか峰に言われた言葉を口にしていた。

「吉野山　花待つ頃の朝な朝な　心にかかる峰の白雲」

襄が、久々に手ずからカステーラを焼きながら、一番好きだという歌を詠じた。佐川田昌俊とかいう淀藩士だった人の歌だそうだけれど、襄にとっては「花待つ頃の」は人生の花を咲かせようとしている生徒たちであり、彼らのことが朝な朝な襄の心にかかっているということなのだろう。それにしても、自分を裏切った挙句に退学した者たちにまで惜しみない愛情を注ぐなど、八重にはとうてい真似できるはずもなかった。

「はい、奥様。味見をどうぞ」

襄は焼きあがったカステーラをちぎって、八重の口に運んでくれる。甘い香りがふわりと鼻先を包んだ。

「……美味しいわ。とても」

見上げる八重に襄がにっこり笑う。

肉が裂けるまでの激情を迸らせた襄。自身の心も深くえぐれるほどに傷ついた襄。それでもなお、裏切り者たちを赦し、愛する襄。

主は、襄の姿を通して私に教えてくださっているのだ。薩長方への怒りと恨みと憎しみを捨て去る道を見つけよ、と。会津人の誇りと信念を貫きつつ見つけよ、と。

八重は、鼻歌まじりにカステーラを切り分ける夫の肩先をじっと見つめた。

杖は折れたものの、教育と伝道を使命とする襄の志は、折れるどころかますます堅牢になっていった。この年の秋には、八重を伴って岡山教会の設立式に出席、それからひと月もせぬうちに、医療宣教師のジョン・C・ベリーに同志社医学校設立の相談をするため岡山を再訪する。また翌年五月、京都の四条北座で初めて純然たるキリスト教大演説会を開催し、四千人にも及ぶ聴衆に聖書の素晴らしさを説いて大きな反響を呼んだ。

八重は襄の健康管理にいっそう精を出しつつ、さらに信仰を深めるよう励みながら、自ら進んで伝道にも出かけた。一日一日が、まさに飛ぶように過ぎていった。

「本当に、何もかも……なくなってしまったのですね」

峰が疲れた声で言った。

「石垣が残っていたではないの」

八重も少しかすれた声で応える。

襄が無言でラムネに手を伸ばし、一年前に峰と結婚した伊勢時雄がかすかにうつむいた。

伊勢は横井小楠《よこいしょうなん》の長男で、熊本バンドの一員だったが、いったん東京開成学校に入ってから同志社に転じていた。襄の薫陶を受けて、今は今治の講義所で伝道に励んでいる。

京都を出てから二十日ほどが経っていた。八重と峰は海路を経て、徳富猪一郎や湯浅吉郎らと徒歩で中山道を旅してきた襄と時雄に、安中で合流した。徳富たちと別れた襄が、一週間に及ぶ安中での伝道や講演を終えるのを待って日光へ向かい、さらに白河から山越え一日半の行程を馬に揺られて母成峠、猪苗代、戸ノ口原などの戦場跡を通り、竹子が散った涙橋に花を手向けて、今しがた会津若松の宿に到着したところだ。

十一年ぶりの故郷だった。

峰が言った通り、会津若松城は跡形もなく取り壊されていた。満身創痍の態となっても八重たちを鼓舞するかのごとくそびえていた天守閣も、黒鉄御門にあった主君の御座所も、八重たちが必死で負傷兵の看護にあたった本丸の大書院や小書院も、何もかも。今や、あの凄まじい戦を知っているのは、石垣とお濠だけだ。

「確か、八百二十六円でしたよね」

峰がつぶやいたのは、会津若松城取り壊しの際の落札価格だ。

「高いんだか、安いんだか」

「あれは、わたしが日本に帰って来た年だ。開通して間もない大阪・神戸間の陸蒸気《おかじようき》に乗ったが、運賃は上等が一円、中等が七十銭だったよ」

八重の言葉に、襄が続けた。

そう言われても、ぴんとこない。だいたい、城を取り壊す価格と陸蒸気の運賃を比べても仕方がないではないか。

疲れているせいか、八重は何となく襄にいらいらしてしまう。

「しかしながら、戦いの傷が深く刻まれた城がいつまでも残されていては、ここに暮らす人々もせつないでしょうし、城自体に心があるなら辛くてたまらないでしょう」

時雄が、八重にとも峰にともなく言った。

そんな当たり前のこと、わざわざ口にするまでもなかろうに。

八重は、内心でため息をついた。

普段なら、聡明さがにじむ時雄の静かな語り口を好ましく思うのに、時雄にさえ突っかかりたくなるのは、やはり当時の記憶が生々しく蘇って気が立っているためかもしれない。

まだまだ信仰が足らないのだ。主は、こんな私をご覧になったら、きっと悲しまれる。そう自分に言い聞かせるものの、ざらついた心はなかなか鎮まらない。

八重は、懐に忍ばせてある竹子の形見の簪に、着物の上からそっと手を当てた。と、時雄がもぞもぞと尻を動かした。

「何やら緊張するなあ。話には色々聞いているが、峰のお母さんにお会いするのは初めてだからな」

「私だって、十一年も会っていないんですから、何だかどきどきしています」

宇良には、予め会津に来る旨を記した手紙を送ってあり、到着するなり宿の者に頼んで使いを出した。明日は一日宿で静養する予定なので、お越しくださるもよし、あるいは御迷惑でなければ、こちらから出向きたく、との伝言を託《ことづ》けてある。

「御実家に戻られたままで暮らしておられるのでは、気苦労も多かったことだろう」

襄がぽつりとつぶやいた。

それでも、京都へ行くよりはよほどましだった、と八重は思う。八重たちが上京したとき、時恵は、宇良も一緒にくればよかったのに、と言ったものだが、覚馬と時恵の間に久栄という娘までいたとあっては、宇良の居場所はなかったに違いない。宇良は、そういう中に割り込んで、自分が正妻でござい、と大きな顔をできる神経の持ち主ではなく、あの時恵に太刀打ちできるわけがなかった。

「峰には淋しい思いをさせたけれど、義姉上《あね》の御判断は賢明でしたよ」

「私も、母の選択は正しかったと思います。それに、私にはお祖母様もいましたし、叔母様が母の代わりをしてくれましたから、ちっとも淋しくなんかありませんでした」

おっとりと微笑むものの、久栄の子守代わりに使われたり、会津訛をからかわれたり、峰は時恵にずいぶん嫌な思いをさせられたはずだ。

「それにしても、会津も結構暑いですね」

峰がラムネの瓶を傾けた。

「それはほら、滝めぐりをしてきた後だから」

四人は日光で、裏見ノ滝や相生ノ滝、霧降の滝、華厳の滝と回ってきたのだ。涼やかな瀑布と飛び散る水しぶきを前に、峰は子供のように歓声を上げていた。あんなに伸びやかな峰の笑顔を見るのは、もしかしたら、会津で戦が起こる前以来だったかもしれない。

「すごい迫力でしたよねえ」

「また行きたいくらいだわね」

「今度は、是非お祖母様も一緒に」

女二人が他愛ないやりとりをしているところへ、宿の仲居が来客を知らせに来た。

「ひょっとして」

峰がぱっと目を輝かせた。

八重は、襄と時雄がうなずくのを確かめる。

「お通ししてちょうだい」

ラムネの空瓶や湯呑茶碗を片付ける間もなく、足音が近づいてくる。

峰が部屋の襖を開けた。と、敷居の向こうで崩れるように膝を折る人影がある。

宇良だった。

「……峰」

「母上」

敷居越しに手を取り合った母娘は、あとはもう言葉にならない。

「義姉上、どうぞ中へ」

八重も胸にこみ上げるものに声が詰まった。

峰に手を引かれて入ってきた宇良は、生え際に白いものが目立つけれど、その頰は以前よりふっくらしていて、別れたときよりむしろ若く見える。

「お疲れのところ押しかけるのはいかがかと迷ったのですが、御到着と伺って矢も楯もたまりませず」

「よくお越しくださいました」

裏が床の間を背負う場所を勧めたが、宇良は遠慮して譲らず、下座に腰を下ろした。

「こちらが私の夫の裏。そのお隣が、峰の夫の時雄さんです」

「新島先生の御高名は、かねがね耳にいたしております。峰が長い間ひとかたならぬお世話になりまして、御礼の申し上げようもございません。また、時雄様には、せっかく峰との結婚式にお招きいただきながら、列席が叶いませず、大変ご無礼をいたしました」

「子供のいない私と八重にとって、峰さんは、娘のような人です。時雄君に取られるまでは、峰さんが来てくれるたびに家の中が華やかになって、楽しかったものですよ」

裏が、宇良の堅苦しい挨拶に緊張を高めている時雄を気遣ったらしく、髭を撫でつつ冗談交じりに応えた。

「取られたとは、あんまりじゃないですか」

ぽつりと洩らした時雄の言葉に、宇良の口元がほころんだ。

「これは失礼いたしました。お初にお目にかかります、伊勢時雄でございます。峰さんを生涯大切にいたしますので、何とぞよろしくお願い申し上げます」

「私のほうこそ、母親と名乗るさえおこがましいのですけれど、峰をくれぐれもよろしくお願い申し上げます」

深々と頭を下げ合う時雄と宇良は、その生真面目さにおいて相通ずるところがあった。

「結婚式はね、今治では遠すぎるので、出席していただくのは難しいと端から半ば諦めていたのです。けれど、お送りした写真はご覧くださったでしょう」

「ええ。とっても綺麗な花嫁姿でしたよ」

時雄と峰は、時雄が赴任している今治教会で、八重たちに倣ってキリスト教式の結婚式を挙げたのだった。

「峰から最初にお相手の御名前を知らされたとき、これも何かの御縁かと思いました」

「義姉上もやはり、高木の時尾さんを思い出されましたか」

会津若松城での籠城初日に、八重の髪を切ってくれた幼馴染のことだ。

「斗南へ行った後、どうしていらっしゃるのでしょうね」

「高木さんのほうの時尾さんなら、新撰組にいらした斎藤一《はじめ》さんに嫁がれて、今は東京にいらっしゃいますよ」

「まあ。西南の役でも大活躍なさったと大々的に新聞で報じられた、あの斎藤一さんの奥さんに」

「開拓先で知り合われたとのことですが、斎藤さんは今、警察にお勤め。固いお仕事ですし、暮らし向きにも心配はないでしょう」

「良かった。それを伺って安心しました。これも時雄さんの御名前のおかげね」

八重が振り向くと、時雄は照れ笑いをにじませた。

「ところで、お義母《かあ》様はお変わりなく」

「お祖母様は、相変わらずしゃんとしておいでです。今回、御一緒にとお誘いしたのですが、女学校の卒業式を終えたばかりで、舎監の仕事がまだ残っているから、と」

同志社女学校は先月、第一回の卒業式を行い、五名の卒業生を送り出したところだった。

「女学校ですか。懐かしいですね。米沢の内藤様のお宅で、子供たちを教えていたころが偲ばれますね」

「その内藤様のお宅にも、御挨拶に伺おうと思っているのですよ。義姉上もいかがですか」

「それは是非とも。……あら、申し訳ございません。私どもばかり、ぺちゃくちゃとおしゃべりしてしまいまして」

宇良がはっとした顔つきになって、襄と時雄に小さく頭を下げた。

「一向にかまいませんよ。御婦人たちが楽しく語らうそばにいるのは、わたしたちにとっても楽しいことです」

襄はそう言って宇良に夕食を一緒にと勧めた。今度は、遠慮を許さなかった。思い出話や一別以来の話に花を咲かせ、米沢行きを約束して、宇良はたっぷり暮れてから帰っていった。覚馬の名を一度たりとも口にしなかったのは、おそらく宇良の意地だったに違いなかった。

襄と時雄は、会津で五日間過ごし、八月に入ると東北各地の伝道に出立した。襄は、東北にも同志社のような学校を創る夢を温めており、少し長い旅になる予定だった。

「あなたは、旅となるとお元気になるのだから、不思議な方ねぇ」

襄を送り出した八重は、峰を伴って菩提寺に先祖代々の墓の今後を相談に行ったり、八重が銃の扱いを教えた伊東悌次郎ら白虎隊士が自刃した飯盛山を参ったりした後、米沢に赴き、内藤家の人々やかつての教え子と旧交を温めた。内藤とつゆ子が、今の八重たちの幸せを我がことのように喜んでくれたのには、八重も思わず嬉し涙が出た。

襄たちと再び合流して会津を発つ頃には、朝夕の風は秋の匂いがしていた。胸が抉られるような記憶が蘇る、せつない旅であると同時に、亡き人々への鎮魂と自分自身を見つめ直す旅でもあった。

京都に帰り着いたとき、八重は、襄が旅好きな理由が少なからずわかった気がしていた。

それから一年半ほど後、襄が欧米旅行へ出発することになった。香港、セイロン、インド洋、紅海、エジプト、地中海を経てイタリアに上陸し、スイス、ドイツ、ベルギー、オランダ、イギリスを回って、ニューヨーク、ボストンへと向かう壮大な旅だ。

襄が長い間日本を留守にする決意ができたのは、槇村知事の後任の北垣国道《きたがきくにみち》が、キリスト教主義教育に深い理解を示し、同志社を大いに支援してくれるようになったからだった。表向きは、保養の旅ということにしてあったが、襄は医学校と法学校の創設を計画しており、そのための資金援助をアメリカン・ボードに仰ぐ目的もあった。

明治十七年四月六日。襄を乗せた英国汽船キヴァ号は、神戸の港を後にした。宣教師のジェンクスやアッキソン、湯浅治郎や山路一三、中村栄助らと岸壁に立った八重は、キヴァ号の影が水平線に溶けるまで、ハンカチーフを振り続けた。

三

怒りのあまり、目の前が真っ赤に燃えている。這いつくばる時恵の姿も、その傍らで塑像のごとく腕組みしている覚馬の輪郭も、陽炎《かげろう》のように揺れて見える。今にも、魂が轟音をあげて爆発してしまいそうだ。これほど烈しい怒りは、かつて薩長方に抱いたそれを遥かに超えていた。

時恵が妊娠しているという。自力での歩行さえ困難な覚馬が父親であるわけがない。そこを問い質すと、時恵は、わっと泣き伏した。

「うちが、うかつでしたんや。夕涼みしてうたた寝してましたら、見も知らん男がいてて、手籠めにされてしもうて……」

きれぎれに答えた時恵の背が大きく波打っていた。

視界の隅に、隣に座るさくの拳が映った。固く握りしめられたそれには、青い血管が浮き上がっていた。

今がいつなのか、自分がどこにいるのか、一瞬わからなくなった。

八重は、小刻みに引きつる瞼を無理に閉じた。

昨春神戸から旅立った襄が、八月にスイスのサン・ゴダール峠を散策中に心臓発作を起こして遺書まで認《したた》めた、と知らされたときには、腰を抜かしそうになった。幸いにも回復してアメリカに渡り、ボストンでは恩人のハーディ夫妻と対面、十二月の初めから今年の二月末までニューヨーク州のクリフトン・スプリングスにあるサナトリウムで療養生活に入ったと聞いて、ようやく胸を撫で下ろした。「襄が生きて戻ってきたとて、わたしらのほうがそこまで保《も》つかわからぬわ」と日に何度も繰り返す襄の両親をなだめつつ彼らの食事に細かく気を配り、五月には覚馬と時恵の受洗に、六月には久栄の受洗に立ち会い、先頃、襄から年内には帰国の予定との報を受け取って、近づく冬の足音にもどかしい思いで耳を澄ませていたところだ。

『返す返す少しの事に御料簡違《ごりようけんちが》いのこれなきよう、種々六ケ敷《しゆじゆむずか》事《しきこと》あるは世のならいなれば、なにとぞ主と共に棘《いばら》の冠をかぶり、また身にいたき十字架までも御担いくだされたく候。何事もすらすらと参るのが私どもの幸いならず、この六ケ敷世の中に、心に罪を犯さず、人を憎まず、これを忍び、神の愛を心に全うすることこそ、我等信者の大幸なれ』

裏がそんなふうに記していたのは、いつの手紙だっただろう。筆まめな裏は、行く先々から何通もの手紙を送ってきた。それらは必ず『信愛する妻　八重様』と結ばれていた。

心に罪を犯さず、人を憎まず、これを忍び、神の愛を心に全うする……。無理。今の私には、絶対に無理。

心で叫ぶと同時に、ぱっと目を開けた。

「もう一度訊きます。相手は、誰なのですか」

自分でもぞっとするほど冷たい声が出た。

「そやから、見も知らん男で」

「そんな空音《そらね》、子供だって信用しませんよ。兄を愚弄するにもほどがあります。正直に白状なさい」

八重がぐいと身を乗り出すと、時恵は怯えた顔つきで後ずさりした。

「そない言われたかて」

「お前、誰かを庇っているのではないかね。我が家には、様々な者が出入りしておる。そのうちの誰かなのではないか」

覚馬が、静かに時恵に訊いた。

時恵がふっと目を伏せた。

「それならそうで、その人の名前をはっきりおっしゃい」

「そやけど……」

「うやむやにしたところで、じきにお腹は大きくなっていくのですよ。いったい誰なのです。誰がお腹の子の父親なのですか」

できることなら時恵に摑みかかり、綺麗に結い上げた髷を鷲摑みにして引きずり回してやりたいくらいだ。

「……でおます」

時恵が口の中でかすかにつぶやいた。

「え、誰ですって」

「ぶ、文次郎はんでおます」

その答えに、八重は我知らずのうちにのけ反っていた。覚馬もさくも、息を吞んでいる。

文次郎は、いずれ久栄の婿にして山本家を継がせるべく、覚馬が会津から迎え、同志社に通わせている養子だ。

「文次郎はんが、無理やりうちを」

時恵が目元に袖口をあてた。その仕草が、芝居がかって見えた。

「人のせいにするなど、卑怯千万」

それまでずっと黙っていたさくが、ぴしりと言った。

「時恵さん、あなたはそのような言い逃れが通じるとでも思っているのですか。いくら血気盛りの若者とはいえ、文次郎さんは、会津育ちらしく無粋なまでに実直な人柄。義理の母にあたるあなたを無理やりになどと、そのような振舞いに及べるはずもありません」

「私も、お母様のおっしゃる通りだと思います。いっそ、ここに文次郎さんを呼んで確かめましょう。それが一番話が早い。お兄様、よろしいですね」

八重が覚馬を振り向いたとき、時恵が腰を浮かせた。

「そら殺生やあらしまへんか。あないな若い人に恥かかせるようなこと、やめておくれやす」

「往生際の悪い。恥をかくのはあなた自身だから、そんなふうに止め立てするのでしょう」

斬りつけるように八重に言われて、時恵が身を強張らせた。

「時恵。もはや、逃げも隠れもできぬのだ。すべてを有体《ありてい》に話してくれ」

覚馬の口調は、あくまでも静かなものだった。

「堪忍しておくれやす」

時恵が、がばと手を突いた。

「うち、どないかしてましたんや。あの頃は、いつも頭がぼうっとして、身体が何やもやもやしてて……それで、ある日ついふらふらーっと」

時恵に誘いかけられて、文次郎は初め恐れおののいたという。それがかえって時恵に火を点けた。

三十路半ばの女、しかも時恵のような女の手練手管にかかっては、田舎育ちの文次郎など罠にかかった野兎に等しかったことだろう。

聞くもおぞましい話だった。耳に泥水を注ぎ込まれているようだった。

「ほんまに、申し訳ございません」

「あなたは、自分がどれだけ深い罪を犯したか、わかっているのですか」

「へえ。旦さんのお立場もありますし、えらいことをしでかしてしもうた、と」

覚馬は、京都府議会の初代議長を退いて、今は京都商工会議所の会頭を務めている。時恵の不始末は、世間が大騒ぎする格好の醜聞だ。

「兄の立場も大切ですけれど、文次郎さんとそうなる前に、あなたは洗礼を受けた身なのですよ。兄を裏切ったのは言うまでもなく、汝姦淫するなかれ、というモーセの十戒の七番目に背いた。神との誓約を破り、神を裏切った。この罪は、とても許されるものではありません」

八重の言葉に、時恵がすっかり顔色を失くした。

「お兄様、お母様。時恵さんには、山本家から去っていただきましょう」

時恵の小さな悲鳴が響いた。

「私も、それ以外にないと考えておりました」

さくが、厳かに言った。

覚馬が、ゆっくりと腕を組み替えた。

「しかしながら、時恵は、身体の悪いわたしを長年にわたって親身に介抱してくれてきた。わたしのために、女盛りをふいにしたようなものだ。それに免じて時恵を赦し、腹の子はわたしの子として育てても良いと思うておる」

「馬鹿を申してはいけません。そのようなことをすれば、御先祖様に顔向けができなくなります」

さくの声音は断固たるものだった。

「お兄様の広いお心は、普通なら尊敬に値するでしょう。けれど、時恵さんを赦すならば、お兄様もまた、神との誓約を破り、神を裏切ることになるのです。お兄様に、それができますか。受洗して半年やそこらで、破戒できるのですか」

覚馬は、時恵と神のどちらを選ぶのか、と八重に迫られたに近かった。

覚馬の喉がぐっと鳴った。それが答えだ。

八重は、覚馬が身じろぎ一つしないのを確かめて、時恵に向き直った。

「時恵さん。今すぐ荷物をまとめて、出て行ってください」

「そんな。今すぐなんて、あんまりやわ」

「あなたは抗弁できる分際ではありませんよ」

「せめて、久栄が学校から帰って来るまで待たせて……いやや、久栄と別れとうない。どないしても言わはるんやったら、近所に住まわせてもろうて、時々久栄に会わせておくれやす」

時恵が泣きながら、八重にかき口説いた。

「厚かましいことを言いなさんな。少しは頭を使ってお考えなさい。久栄が、自分の婿となる人と母親が姦通したと知ったら、どんなに傷つき打ちのめされるか。そんなふしだらきわまりない母親に、会いたいと思う娘など、どこの世界にもいませんよ」

時恵が身も世もないといった態で号泣したが、八重は取り合わなかった。さくも、時恵から目をそむけたまま、言葉をかけようともしない。覚馬もまた、無言を貫いていた。

つと立ち上がった八重は、女中を呼んで、時恵の身の回りの品を急いでまとめるよう言いつけた。

「あんさんは、鵺《ぬえ》やのうて鬼や」

家を出るとき、泣き腫らした目をした時恵は、八重に向かって吐き捨てた。

鬼で結構。

八重は胸の底でつぶやいた。

世間の噂で知るよりは、と肚を決めて、久栄には八重から事情を話した。どのみち傷つくのなら、早く話すほうが治りも早い。充分に言葉を選んだものの、久栄が取り乱すのは覚悟していた。ところが久栄は、泣くでもなく、怒るでもなかった。

「三十五にもならはって、一回り以上も年下の男《ひと》を誑《たら》し込むやなんて、あの人も大したもんやねえ」

呆れているというより、感心しているかのような口調だった。

遠くを眺めるような久栄の鳶《とび》色の瞳に、なぜだか八重の背筋は粟立っていた。

ほどなく養子の縁を解かれた文次郎は、同志社を中退して会津へ戻って行った。さくは女学校の舎監を辞して、覚馬の世話にあたることに決まった。

出立から二十か月目にしてやっと帰国するというのに、襄が今回の件を聞いたら、どんなに驚き、嘆き悲しむだろう。

そう思うと、八重は氷雨の中にたたずんでいる気分になった。

そして実際に、その夜から襄が帰って来るまでの間、降りみ降らずみの氷雨の日が続いた。

規則正しい襄の寝息が、まどろみを誘う。

旅の間、心臓発作や腸カタルやリウマチに悩まされ、一時は死を覚悟したというだけに、襄がやつれた姿で帰国するのではないかと案じていたが、サナトリウムでの療養や懐かしい人々との再会が功を奏したらしい。意外に血色のよい顔で戻った襄は、旅の疲れを癒す間もなく、同志社の図書館の定礎式を行い、襄が外遊中だったために延期されていた同志社創立十周年記念会で、慈愛に満ちた格調高い式辞を述べた。

無事で帰って来てくれて、本当に良かった。

襄の寝息は、八重にしみじみと幸せを感じさせてくれる。

「これで間違いではなかったのでしょうか。あなたなら、どうなさいましたか」

時恵の件を報告した後、八重は素直に襄に訊ねたものだった。

襄に話すまで、いや話し終えてさえも、八重には迷いが残っていた。

時恵を山本家から追放したことで、襄が手紙に記していた『心に罪を犯さず、人を憎まず、これを忍び、神の愛を心に全うするこそ、我等信者の大幸なれ』という言葉に反してしまったのではないか。けれど、襄は『日々神の義《ただしき》とその御国を心に求め、何時でも神の御前に出ずる事のできるよう御用意これ有りたく候』とも認めている。であれば、何より大切な戒律に背いた時恵に対して取った処置は当然のものであり、神の御前に出ても何ら恥じるところはない。しかしながら、時恵を罰するような真似をする資格が、果たして自分にあるというのか。

そんなふうに、八重はずっと思い惑っていたのだ。

「わたしもきっと、八重と同じようにしただろう」

襄は揺るぎない口調で答えた。

「そう聞いて、安心しました。でも、不思議なものです。以前の私なら、後になってからこんなに悩んだりしませんでした。信仰の道に入ってからのほうが、むしろ思い煩うことが多くなった気がいたします」

「それは、八重がとことん神と真剣に向き合っている証だよ。我々はみな、神の子羊であり、ストレイシープ、迷える羊なのだ。わたしもそうするから、八重も、時恵さんの心がこれから少しでも改まるよう、ひたすら時恵さんのために祈ってあげると良い」

「できるかぎり、そのように努めます」

八重はつい、ため息をつきそうになった。時恵を憎まずにいるだけでも難しいのに、時恵のために祈るなど、至難の業だ。

これが信仰というものならば、信仰の道とは何と険しいのだろう。

「それにつけても、久栄さんの今後が心配だね」

「ええ。峰にしろ、久栄にしろ、姪たちは二人とも母親との縁が薄いようで。それでも、峰は苦しいときを共にしてきましたから、私とは以心伝心というようなところがありましたし、小言も遠慮なく言えたのですが、久栄にはちょっと……」

「これからの久栄さんには、八重が母親代わりなのだ。久栄さんのことは実の娘だと思って、叱るべきときには決して遠慮せずに、本気で叱ってやりなさい」

「あなたが公義さんになさったようにですか」

襄の甥の公義は六年前、襄が我が手を杖で打ち据えるきっかけとなった無断欠席事件に加わったばかりか、その後の紛争にも首を突っ込み、徳富猪一郎らとともに退学届を提出して襄を苦境に立たせた。襄は公義を懇々と説いて退学を思いとどまらせ、それからは八重がひやひやするほど厳しく教え導いた。その甲斐あって同志社を卒業した公義は今、伝道師として活躍している。

「愛ある厳しさは、必ず伝わる。憎くては打てぬものなり笹の雪、だよ」

襄は、幼い頃に母に折檻《せっかん》された際、祖父が教えてくれたという句を吟じた。

襄の幼名の名付け親であり、襄を溺愛していた祖父の弁治は、襄が武田塾に入る名目で箱館に向かうとき、家族の中で一人だけ襄の密航を見抜き「行かれれば行け花の山」

と何度も繰り返したとのことだった。その粋な声援には、大いに勇気づけられたと襄から聞かされた。愛情深い弁治の血は、間違いなく襄にも受け継がれていた。

　襄の寝息が、八重を心安らかな深い眠りへいざなう。

　それは、八重を包み込む貴い音楽であり、こよなく優しい揺りかごだった。


　襄が帰国して一気に緊張が解けたせいか、時恵の件で相当心が疲れていたのか、毎日身体がだるくてやりきれなかった。降誕祭の礼拝には出席して祈りを捧げたものの、その日、八重は襄より一足先に俥《くるま》で帰宅した。

　血の道かもしれないと自ら實母散《じつぼさん》を煎じていると、玄関で訪《おとな》いの声がした。

「五平はんが、御届け物を持ってきやはりました」

　応対に出た女中のシオが、にこにこ顔で報せにきた。五平は同志社に勤める小使だ。

　シオがそんな顔をするのは、五平がわずか四尺ほどの短身でありながら、とても大きな頭の持ち主で、一字も英語を知らないのにもかかわらず、滅茶苦茶なことを節をつけてまくしたてては英語演説だなどと言って、始終ふざけているからだった。いつも剽軽《ひょうきん》な五平だが、幼い時分に寺に入れられたり、寺から逃げ出した挙句に人買いの手に落ちたり、様々な苦労を重ねてきたというだけあって、同志社に雇われてから常に骨身を惜しまず働いている。

「奥様に直接お渡ししたい言うてますけど、どないしましょ」

「こんな時間に訪ねて来るなんて、五平さんには珍しいわねえ」

八重は、實母散を湯呑に注ぎながら首を傾げた。

「奥様は御加減が悪い言うて、お預かりしときましょか」

「いいえ。せっかくわざわざ来てくれたんだもの。お通ししてちょうだい」

「ほな、さっそく」

シオが玄関に取って返し、五平を連れて戻ってきた。身の丈の三分の一もありそうな頭を振り振り部屋に入ってきた五平は、風呂敷をかけた木箱を胸に抱えていた。

「夜分に申し訳ございませんが、こちらを奥様に託《ことづ》かってまいりました」

「どなたからですか」

「へえ。校長先生からで」

五平が答える下で、くぅんくんと鼻を鳴らす声がする。

「もしや」

八重が首を伸ばすと、五平は木箱をそっと床に置いた。中から、もぞもぞと風呂敷が持ち上げられ、五平がさっとそれを取り払った。

犬だった。鼻の周りが白、目の周りが茶色で、長く垂れた耳と頭が黒い子犬だ。

それは、先が白い前脚を木箱の縁にかけ、くっきりとした縁取りのある棗《なつめ》型の目で、八重を見上げている。

「どうして……」

木箱の前に屈み込むと、早く出してくれと催促するように、後ろ足で木箱の底を引っかいた。

「洋犬ですやろ。こんなん初めて見ましたわ」

「こちとら貧乏稲荷で取り柄《とい》がないが、このお犬様は見るからに賢そうでござんすよ」

シオと五平が言い合うところに、廊下で足音がした。

「どうだい。びっくりしたかね」

つかつかとやって来た襄が、木箱に手を伸ばして犬を抱き上げた。

「ビーグル犬だ。八重に今夜プレゼントしようと思って、神戸の知人に頼んでおいた」

「プレゼント、ですか」

「東方の三賢人がキリストに黄金と没薬《ミルラ》と乳香を贈ったのを真似てみたのだ。ほら」

ひょいと差し出されて、八重はとっさに犬を抱き取った。見た目より手応えのある重さだった。硬めの毛はすべすべとなめらかで、手にも胸にも温かなぬくもりが伝わってくる。

犬が湿った鼻先を八重の胸元にすり付けた。

「かわいい」

知らず知らずのうちにつぶやいていた。

「あなた、ありがとうございます」

「気に入ってくれたら、わたしも嬉しいよ。五平さん、手間をかけたね」

ほかの教師たちは五平を呼び捨てにするが、襄は必ずさん付で呼ぶ。

「いえ、いえ。お役に立てれば何よりでございます。このぶんじゃ、奥様にはにおいのきつい煎じ薬よりも、お犬様のほうが効き目がありそうですね」

「それに、わたしにもね」

「まあ。では、私のためにではなく、本当はあなたが犬を飼いたかったのですね」

「いけない。語るに落ちてしまった」

襄が大げさに肩をすくめて、部屋は笑いに包まれる。

「昔、アメリカに渡る船でボーイとして働いていたときに、船に乗せていた犬と猿の世話係もしていたんだ。それ以来、いつか犬を飼いたいと思っていた」

「名前をおつけになってやらなあきまへんなァ」

シオがそろそろと手を伸ばして、犬の頭を撫でた。

「タビなんていかがかしら。四本の脚ぜんぶ先が白くて、足袋を履いているみたいだし、あなたは旅がお好きですし」

「オスだから、もう少し勇敢な名前が良いのじゃないかな」

それから五平も交えて茶を飲みながら、みなで犬の名前を考えた。

ペトロやシモンやタダイといった使徒から戴く案や、三色の毛色にちなんで三太郎とか、同志社から一文字とって志之助とか、イギリス原産だというので英吉などの案が出たが、結局のところは襄が提案した弁慶に落ち着いた。

「あなたときたら、御自分は襄なんぞと欧米ふうの名前に変えられたというのに、イギリスが母国の犬には、これぞ日本でございといわんばかりの名前になさるのですね」

八重の言葉に、部屋が再び笑いに包まれた。

弁慶は、いつしか八重の膝ですやすや眠っていた。


ひらひらと桜の花びらが舞い落ちる。弁慶が、次々に落ちてくる花びらを追いかける。

庭に広げた莫蓙に座っているのは、襄と八重、襄の姉の美代に公義、さくと久栄、先ごろ同志社の教授となった時雄と息子の平馬を膝に抱いた峰。そして傍らの椅子に、襄の両親の民治ととみ、それに覚馬が腰を下ろしていた。

一族揃っての花見の席には、八重とシオと美代、それに久栄にも手伝わせて拵えた、稲荷鮨や海苔巻、出汁巻き卵に山菜の天ぷら、襄の好物の煮豚やジャガイモのパイやカステーラ等々が所狭しと並んでいる。

「弁慶、シット。走り回るとせっかくのごちそうが台無しになるでしょ」

八重の声に、弁慶がはたと立ち止まった。

「シット。お利口にしないと、木につなぎますよ」

「グッボーイ」

弁慶がお座りするのを見て、裏が目尻を下げる。

「まあ、そうがみがみ言うなよ。弁慶だって、花に浮かれているんだ」

「あなたったら、また弁慶に甘い顔をなさって。叱るのは、いつだって私ばかり。何だか損している気分になりますよ」

八重が半ば本気で裏に文句を言うと、民治がぷっと吹き出した。

「人間の子を持つ親と一緒じゃな。どこの家でも、たいていの母親は父親よりもがみがみと口うるさくて、そのぶん割を食うものだ」

「そやから、近頃の叔母様は、うちにえらい口うるそう言わはるのですね」

久栄が自分で巻いた海苔巻に箸を伸ばしながら言い、

「私にも、そうでしたよ」

峰が、平馬の口に出汁巻き卵を運んだ。肥立ちが悪かった産後から、平馬がよちよち歩きをするようになっても、床に就くことが多かった峰だが、今日は調子が良さそうだ。

「八重、弁慶をわたしに抱かせておくれ」

覚馬に言われて、八重は弁慶をその膝に載せた。さすがに走り疲れたらしく、弁慶は覚馬の膝の上で伏せをする。

「しばらくそうやってステイしていなさい」

「ここのうちの武蔵坊は、英語がわかるのだから大したものですよ」

とみが真面目な顔で言えば、

「何しろ新島校長の御愛息ですからね」

と、時雄がまた大真面目に応じる。

「今に弁慶は、わたしより英語が達者になるかもしれません」

「それは大いにあり得るぞ」

公義がうたた寝を始めた弁慶を覗き込み、民治が稲荷鮨を頬張った。

「この若竹煮、絶妙なお味ですこと」

「実は、私が掘ってきた筍ですの。灰汁《あく》抜きにちょっとしたコツがございましてね」

さくと美代は、先ほどから料理談義に花を咲かせていた。

風はほんの少しだけ冷たいが、陽差しはまばゆくあたたかい。

民治もとみも、さくも、覚馬も、折々に身体の不調は訴えるものの、長く寝込むほどではない。美代は、嫁の務めをなかなか果たせぬ八重をいつもさりげなく助けてくれるし、公義は熱心に伝道にいそしんでいる。生徒の評判も上々だという時雄は、宇良に約束した通りに峰を大切にしており、峰も時雄に尽くしているようだ。久栄は当初の心配をよそに、八重の言いつけを守って、学業にも聖書の勉強にも励んでいた。しばしば頭痛に襲われるとはいえ、この冬リウマチも腸カタルも鳴りを潜めていた襄は意気軒昂で、今年は同志社チャペルの献堂式を行い、同志社病院の仮診療所と看病婦学校を設置し、さらには仙台に同志社の分校ともいうべき宮城英学校を開くのだと張り切っている。

弁慶が来てからというもの、家の中の空気がやわらかくて温かになり、そのぶん、一族のみなが、明るく元気になった気がする。たかが犬とあなどれない。弁慶は、襄と八重と、二人につながる人々に幸せの光をもたらす使徒だったのだ。

どうぞ、今のこのみなの幸せが、いつまでも続きますように。

八重は、陽差しに目を細めながら、弁慶の鼻の頭についた桜の花びらをそっとつまみ上げた。

四

胸がせつなくなるほどに、碧《あお》く冴えた海だった。神戸や横浜や仙台の海より、そして同じ北海道なのに、函館の海よりも、碧い海だ。その海の果てに、三方を山に囲まれた町並みが見える。淡い緑に覆われた山々は、小さな町を懐《ふところ》にしただけでは飽き足らず、まるで両手を広げて海を抱え込もうとしているかのようだ。

襄と八重を乗せた田子ノ浦丸は、小樽の港に入ろうとしているところだった。

小樽。会津藩の降伏からほぼ一年後に、旧会津藩士とその家族あわせて七百名近くが、新政府の「蝦夷地開拓に赴けば、藩主・松平容保の罪を許す」との通達を頼みの綱に謹慎先の江戸を発ち、主家再興に望みを託して続々と降り立った町。兵部省と開拓使との対立のとばっちりで入植先が決まらぬまま、一年半余りもの間、食うや食わずの有様で留め置かれた町。

彼らがどんな気持でこの海を渡り、さらには、どんな気持でこの海を眺め暮らしたのかと思うと、波間を飛び交う鷗の群れがにじんで見える。

「大丈夫か。船酔いしたのではないか」

襄の声で、八重は我に返った。

「平気です。もうすっかり慣れました。ただ……」

「どうした」

「こちらの木々の緑は、何とも淡くて目に優しいのですね」

気遣わしげな顔を向けられて、胸にあった思いとは別の言葉を口にした。

「こういう景色を見ると、心が晴れるだろう。少しは悲しみも癒えるというものだ」

「ええ。そうですね」

半年前の今年一月、幼い平馬を遺して峰が亡くなった。享年二十六だった。峰は、いつか宇良に平馬を会わせてやりたいと口癖のように言っていたが、それはとうとう叶わなかった。戦の中に生い育ち、京都に来てからは継母の時恵に気兼ねし続け、自分の家庭を持ってやっとそのぬくもりを知ったというのに、峰が幸せを噛みしめた月日は、わずか五年半に過ぎなかった。

これからだった……。平馬が大きくなるのを見届けたかっただろう。妻として、母としての歓びをもっともっと味わいたかっただろう。

八重は、峰が不憫で痛ましくてならなかった。母親が死んだことを理解できない平馬が、峰の棺に手を伸ばして「おかあたま、おっきして。おっきして」とせがむのにも涙が止まらなかった。何もこんなに早く天にお召しにならなくても、と泣きながら神に文句を言いたいくらいだった。

その涙も乾かぬ同じ月の末には、裏の父の民治が旅立った。八十歳を数えていたから、大往生だといえる。しかし、民治を失った心の穴も大きかった。

いつも飄々《ひょうひょう》としていて、大真面目な顔であまり面白くない冗談を口にする。そんな民治が八重は好きだった。ましてや、実父の権八が戦死してから早二十年近く、八重が父と呼べるのは民治ただ一人だったのだ。

底冷えのする冬が去り、京都に春が訪れると、前の年に一族揃って花見をしたことを思い出し、八重はまた涙に暮れた。すべては神の思し召しなのだ、と頭ではわかっていても、心の穴はなかなか埋まらなかった。弁慶と戯れるひとときだけが、唯一の慰めだった。

宮城英学校改め、東華学校の開校式に夫婦揃って出席し、その後は北海道でゆっくり避暑をしよう。

襄がそう言い出したのは、ふさぎ込んでばかりいる八重を見るに見かねたからに違いなかった。それに、襄自身の心臓の具合が思わしくないことから、療養の必要もあった。仙台では、東華学校の開校式に出席したり、学校の委員らと松島を見物したり、特別講義や現地の教徒に講演を行ったり、晩さん会に招かれたりして、半月ほど過ごした。

函館では、襄が密航するまでの間寄寓していた、ロシア正教の司祭ニコライの住まいがあったロシア領事館や、ハリストス聖堂やロシア病院や、上海に向けて旅立った波止場を歩き、密航の手助けをしてくれた恩人の一人、アレクサンダー・ポーターにも会うことができた。以前は海産物を清国へ輸出するかたわら、洋品小間物店を営んでいたポーターは、明治になって開拓使から函館港長に任命されたというが、今や零落しているのが明らかな様子で、二人はポーターに見舞金を手渡した。

襄は「ニコライさんは、日本語も英語も達者でな。色々な国の事情をわかりやすく教えてくれたものだよ」とか「この波止場のまさにここから、頭巾をつけて背中に小さな風呂敷包みをくりつけた姿で小舟に乗って沖へ出て、湾内に停泊していたベルリン号に乗り換えたのだ」などと、事細かに話してくれた。おかげで八重は、函館の町のそこかしこに、大志を抱いた若き日の襄が闊歩する姿を見つけることができたのだった。

「函館は早くから外国船が入っていただけに立派な港でしたけれど、小樽は天然の良港ですね」

「ああ。何だか、イタリアのジェノバ港を小さくしたような、可愛らしい港だ」

小樽の港に降り立った襄と八重は、今度は汽車で札幌に向かった。

「弁慶は元気でいるかな」

「また、それですか」

旅に出てから、襄は一日に何度も同じことを言う。それればかりか、シオだけでは心細いために留守番を頼んだ書生に、弁慶をよろしくと記した手紙をすでに三通も書き送っていた。

「それほど御心配なら、背負い籠にでも入れて、連れて来ればよろしかったじゃありませんか」

「大根や牛蒡でもあるまいし、そんなものに弁慶を入れては可哀想だ」

八重がからかっているのに、襄が本気で応えるのも毎度のことだった。

こういうのも、親馬鹿と呼ぶのだろうか。

八重は、くすくす笑いながら車窓を眺めた。

海岸線沿いに走る汽車の窓は、空と海とで占められている。海から遠く離れた土地ばかりで暮らしてきたせいか、線路の起伏につれて水平線が窓の中ほどに来たり、上の窓枠から三分の一くらいまで上がったりするのが、おもしろくてたまらない。帆掛け船がのんびり浮かんでいるのや、海から突き出た大きな岩に無数の鷗が羽を休めているのも、八重の目には珍しい絵のように映る。

これから行く札幌では、福士成豊《ふくしなりとよ》が持ち家の一軒を使わせてくれることになっていた。

かつてポーター商会に勤めていた福士は、襄に英語の手ほどきをし、ベルリン号のセイヴォリー船長に引き合わせてくれた大恩人である。襄より五歳年長の彼は、箱館にペリー艦隊が入港した際、そのうちの一隻にひそかに乗り込んで構造を調べ、後に洋式帆船を建造した強者だ。その上、難破したアメリカ商船の乗組員から英語を習って英和辞典をつくったり、動物学者で探検家の英国人ブラキストンから、天文学や気象観測、地形測量、鳥類学などを学び、明治元年には、箱館府の外国方運上所出役通弁兼器械製造掛となった。今は道庁で北海道測量の責任者の地位に就いていた。

襄は五年前、密航から十八年ぶりに福士との再会を果たしたが、八重は今回が初対面となる。

ほとんど着の身着のままで密航した襄は、大した太い胆の持ち主だ。しかしながら、黒船に潜り込んで構造を調べたという福士の胆の太さも、なまなかなものではないといえよう。

その福士が待つ札幌駅へと、汽車はさかんに汽笛を響かせつつひた走る。八重の胸は、久方ぶりにときめいていた。

五年前に襄と一緒に写した写真を見れば、わりと繊細な雰囲気の持ち主ではあるものの、実際には、不敵な面構えの豪放磊落《らいらく》な人物に違いない。

八重は勝手にそう思い込んでいた。だが、直に会うと、やはり福士は、秀でた額を持つ学者肌の感じの人で、襄にも八重にも細やかな気遣いをみせた。

「どうだい、こちらは函館よりもさらに涼しいだろ。これなら、新島君の療養にもってこいだ」

「ええ。涼しい上に空気がさらさらと乾いていて、ヨーロッパの夏のようです」

福士に言われて、襄は昨日も会っていた人に対するように応えた。

「八重さんは、こちらの汽車が始終汽笛を鳴らすので、不思議だったのではないかな」

「はい。横浜から東京へ向かったときも、上野から仙台までの間にも、あんなにたくさんの汽笛は耳にしませんでした」

気さくな福士に、八重も旧知の人を前にした気分になる。

「あれは、開拓地ならではなのだ。ここらではまだ、鹿や狐や時には熊も、ひょこひょこと線路際まで現れる。ま、奴らとぶつかったところで当然ながら汽車の勝ちだが、その後の運行に支障をきたす。それで、どけどけ汽車のお通りだー、と汽笛を鳴らしまくるという按配さ」

「まあ、鹿や熊が……」

「同じ日本とはいえ、新島君や八重さんには、このあたりはほぼ異国だろうな」

福士が少し得意げな微笑を見せた。

「君たちが滞在する家は、ここから目と鼻の先。我が家は目と眉の先くらいだ」

そう聞かされた通り、駅舎を出て五分と歩かないうちに、福士の家に着いた。

「新島さんのお宅もそうかもしれませんが、うちは主人の好みで、口にするものはほとんど洋式でして」

福士の妻が、湯気の立つコーヒーを出してくれた。

「長旅の疲れがとれたら、あちこち散策すると良い。札幌は、碁盤の目のように区画整理して作った町だから、道に迷う心配はいらないよ。京都から届いた荷物は、すでに向こうの家に運んであるし、万が一に備えて夜中でも駆けつけてくれる医者も手配した」

「お手数をおかけしました」

「本当に。何から何まで、ありがとうございます」

「いや、いや。お二人が札幌の夏を満喫してくれれば、わたしも嬉しいからね」

福士がコーヒーカップに手を伸ばした。

「あなた。ほら、内藤さんのこと」

「おお。そうだった」

妻にささやかれて、福士が八重に顔を向ける。

「八重さんは、内藤ユキという名に聞き覚えはおありかな」

「内藤ユキ……」

つぶやいてから、はっとした。

「会津藩士の家に生まれ、今は道庁で働く内藤兼備《かねとも》君の女房となっておる。内藤君が言うには、八重さんとユキさんは幼馴染だとか」

旧姓、日向ユキだ。ユキのことは、会津で宇良に会ったときに、薩摩出身で開拓使官吏の内藤某に嫁いだ、とだけ聞かされていた。それを伝える宇良の口調は、半ば怒りを含んでいたものだ。

「内藤一家は、この近くの官舎に住んでおる。落ち着いたら、一度訪ねられてみては」

福士は遠慮がちに勧めたが、ユキの夫が旧薩摩藩士であろうと、旧長州藩士であろうと、今の八重にこだわりはない。

「是非そうさせていただきます」

「良かったな。懐かしいだろ。また一つ、札幌での楽しみが増えたじゃないか」

襄の言葉に、八重は大きくうなずいた。

「懐かしいと言えば、この間、ひどく懐かしいものが出て来たぞ。おい、あれを」

福士に顎をしゃくられて、妻が文箱を持って来た。福士は、その中から一通の書状を取り出して、襄に手渡した。

「これは、まさしく懐かしい」

目を輝かせた襄が、八重にそれを差し出した。英語で書かれた手紙だった。

船長から、自分と一緒に長崎へ行くのは大変危険だから、別の船長とアメリカに向かうよう言われた。上海までともに来た船長とアメリカに行きたいが、危険を冒すわけにはいかないので、別の船長について行かなければならない。あなたには本当に感謝している。どうかお元気で。

おおむねそのような内容が記されていると読み取れた。

「最後にある７５３ｔａというのは、何ですか」

「ああ。二十三年前の当時、まだわたしは七五三太《しめた》と名乗っていたからだよ」

「万が一、幕府の役人に見つかった場合を考えてのことだろうが、それにしても下手な洒落だな」

福士が鼻の付け根に皺を寄せた。

「そんな。この暗号を考えついたのは、福士さんじゃないですか」

「いや。わたしは、新島をもじって2120というのを提案したはずだ」

「どちらにしても、さして変わりない気がいたしますが」

福士の妻がぽつりと洩らして、男二人は同時にぼんのくぼに手をあてた。それが妙におかしくて、八重は声を上げて笑った。福士の妻も、福士も襄も、笑顔をはじけさせた。

そうして、襄と八重の札幌での夏が始まった。


ユキは、八重の顔を見た途端に、富士額の下の大きな目にいっぱい涙をためた。あのときと同じだ。籠城戦の後、ユキが世話になっていた肝煎の伝吉の屋敷で再会したあのときと。

「八重さん。本物の八重さんなのですね。本当にいらしてくれたのですね」

「本物ですよ。幽霊ではありませんよ」

微笑んでみせる八重の目もまた、つい潤んでしまう。

札幌に着いて三日目の今日、襄に「まずは女同士、ゆっくり語り合ってきなさい」と送り出されて、八重はユキが住む官舎を訪ねたのだった。

「福士さんが、八重さんならきっと訪ねて行ってくれる、とおっしゃっていたと聞きましたが、私、どうにも不安でならなくて」

「どうして」

「だって……敵方に嫁いだのですから」

「いやだわ、今さら。とにかく中に上がらせてちょうだいな」

「あ、ごめんなさい」

ユキが涙を拭って八重を家の中へ招じ入れた。

小さいながらも、こざっぱりと片付いた家だった。床の間には、八重が名前を知らない洋花が活けられていた。

「八重さんの消息は、折々に耳にしていたのですけれど、私から連絡するのは気が引けて」

八重に茶を出して、ユキは静かに腰を下ろした。

「私のほうこそ、ユキさんをはじめ斗南へ行った方々の御苦労を思うと、気が引けてなりませんでしたよ。もしよかったら、斗南へ渡ってからこれまでのこと、全部聞かせてくださらない」

「……斗南。あれから、十七年あまりにもなるのですねえ」

ユキは、しみじみとつぶやいて、薄く目を閉じた。

「会津を出た私たちは、二十日かかって野辺地《のへじ》に着きました。あんなに長い道のりを草鞋がけで歩いたのは、生まれて初めてです。肉刺《まめ》だらけになった足の裏の痛みは、今で

も はっきり憶えています」

着たきり雀で家財道具もなかったユキたちは、藩から支給されるわずかな扶持米をできるだけ残して金に換え、暮らしに必要な品を揃えていったという。針仕事や草鞋作りや普請場で胴突きなどの仕事をし、山から独活《うど》や蕨《わらび》や木通《あけび》を採ったり、港に入った舟から鰊《にしん》などをもらったりして食膳に載せた。後に開墾のための土地を与えられたものの、たかが四坪の荒地を三人がかりで耕さねばならぬ有様で、四升の蕎麦の種をすべて蒔いても花一つ咲かなかった。

「それでもまだ、私たちは恵まれておりました。田名部のほうへいらした方々は、もっと辛い目に遭われていたそうなのです」

彼らの住まいは、板敷に筵を敷き、骨ばかりの障子に米俵を縄で括り付けた掘立小屋だった。冬は小屋の中に陸奥湾《むつ》からの北風が吹きつけ、炊いた粥さえたちまち凍る。春になって、食べられそうな山菜を摘んで飢えをしのぐと、地元民から「会津の毛虫《ゲダカ》」と蔑まれ、馬の餌の豆まで食べるので「鳩侍」と嗤われ、果ては、藩主松平氏の本姓である保科を引き合いに出して「干し菜も食えぬ斗南衆」などと囃し立てられた。それでも「会津の武士は餓死して果てたと薩長の下郎どもに言われては末代までの恥辱」と言い合って、海藻の根でも、死んだ犬でも、食べられるものは何でも口にした。

しかし、飢えと寒さで病に倒れ、命を落とす者は後を絶たず、家族ともども新封地から逃げ出す者も多かった。また、飢えに苦しむ家族を救うため、町人の妾になる娘も珍しくなかった。

西に恐山を望むそのあたりは、彼らにとって、まさに賽《さい》の河原だったのだ。

「なんと酷い。やはり、斗南移住は流刑に等しいものだったのですね」

胸が抉られる思いだった。八重は濡れた頰を拭うのさえ忘れていた。

瞼の裏に、草一本生えぬ荒涼たる大地が広がっていた。そこに呆然とへたり込む人々の姿も。ある者は虚ろな目で天を仰ぎ、ある者は土塊《つちくれ》を握りしめ、ある者は、今にも倒れ伏しそうに力なく身体を揺らしている。ごう、ごうっと吹きすさぶ風の音が聞こえた。

その音が、久しく封をしてきた敵方への怒りを燃え立たせた。

奴ばらは、会津にさんざん屈辱を舐めさせただけでは飽き足らず、すさまじく酷い仕打ちを与え続けたのだ。

下唇の内側に前歯がめり込んでいた。口の中が錆臭い血の味で満たされた。

「幸いにも、と言っては何ですが」

ユキの声で、八重は我に返った。茶碗にゆるゆると手を伸ばし、すっかり冷めた茶で口の中をそっと清めた。

「私たちは、一年ほどで斗南を去る運びになりました。継母が針仕事をさせてもらっていた医者の家が青森へ引っ越すことになり、私たちも同行したのです」

青森で暮らすうちに、ユキは、北海道開拓使の大主典を務める雑賀繁村《さいがしげむら》に請われて函館に渡ることになる。雑賀は旧会津藩士で、その妻は家老の簗瀬《やなせ》三左衛門の娘だったが、夫婦ともども病に悩んでいるために、ユキに家うちを手伝って欲しいというのだ。一人函館に渡ったユキは、雑賀家で懸命に働いた。その雑賀家に、札幌から出張に来るたびに顔を出す男がいた。内藤兼備だ。ユキを見初めた内藤は、求婚の言葉を口にする。が、ユキはそれを頑なに拒んだ。

「内藤さんが旧薩摩藩士だったから、ですね」

「ええ。八重さんには、以前御山でお会いしたときに、お話ししましたよね。深手を負って切腹した父の遺骨を捜し出し、私の血をつけて確かめたこと。小川を浚って、そこに流された兄の首級を見つけたこと。父や兄をあのような目に遭わせ、生き残った者たちを地獄のような新封地へと追いやった。内藤は、その敵方の一人だったのです。求婚など、とても受け入れられるものではありませんでした」

「ユキさんの気持は、痛いほどによくわかるけど。それでも、肝心なのは御本人のお人柄でしょう」

素直にそう言えた自分に、八重は内心ほっとした。

「うふふ。八重さんたら、雑賀さんの奥様とそっくり同じことをおっしゃる」

含み笑いするユキの顔には、幼い頃の面影が残っていた。

「青森の家族に相談すると、祖母は、生国は誰も選べないのだから戦の遺恨は忘れなさい、と言い、継母《はは》は、人物は雑賀さんの折紙付だし薩摩の出なら暮らし向きに困ることはないだろう、と」

「お祖母様の御意見はさすがだし、お継母様《かあ》にしても、それまで食べるための苦労を嫌というほどしてきたユキさんには、安泰な暮らしを手に入れて欲しいとお考えになったのでしょうよ」

「内藤からは、手紙が次々送られてきたり、本人も何度も函館までやって来たりしました。……欧米の機械や新技術を貪欲に取り入れている北海道開拓は、日本の将来の試金石だ。また、開拓事業は禄を失って困窮している士族の救済策ともなる。そういう重責を担う開拓使官吏の職務を全うするには、ユキさんの支えが必要だ、と」

「熱心に口説かれて、心が動いたのですね」

ユキは少女のように頬を染めてうなずいた。

「今から十五年前、明治五年の秋のことです。当時はまだ戦の記憶も生々しく、旧会津藩の人々が薩長方に向ける恨みも強かった。私も家族も、裏切り者呼ばわりされたり、町人の妾になるより情けないと罵られたりしました」

それがどんなに激しいものだったのかは、ユキの消息を伝えたときの宇良を思い返せば、容易に察しがつく。身内ともいうべき旧会津藩の者に責められるユキの胸中は、いかばかりであったことか。

「十五年前というと、函館から札幌まで、どうやって」

「会津から野辺地まではないにしろ、これもなかなかの旅でしたよ。まず、森というところまで馬の背に揺られ、森から小さな帆船で室蘭へ向かいました。けれど、ひどい時化《しけ》に見舞われて引返し、翌日再び出直して、一昼夜以上かけて室蘭に着いたのです。明くる日、また馬に乗り、迎えに来た開拓使のお役人とアイヌの人に先導されて室蘭を発ちました。進む道の両側はほとんど原野で、川には橋がありません。逆巻く激流を渡るときには、恐ろしさのあまり馬のたてがみにしがみついたものです。そのたびにアイヌの人が、たてがみではなく首に摑まれッ、と怒鳴ります。ようやく川を渡ったと思って気が抜けたとき、馬が岸に向かって駆け上がり、はずみでずるずると岸に滑り落ちてしまったこともありました。川には鮭が群れをなしており、山道では、十四、五頭の鹿が走っているのも見かけました」

「まだまだ未開の地だったのねえ」

その未開の地をユキは一筋に進んで行ったのだ。夫となる人のもとをめざして。

「札幌に着いたのは、函館を出てから九日目。十一月三日の夕方でした。脇本陣で旅装を解いて、札幌にただ一軒の風呂屋で旅の汚れを落とし、その日のうちに小さな料亭でささやかな祝言を挙げました。最後に御山で八重さんとお会いしたときからすれば、まったく思いもよらない成り行きでした。けれど、あれから十五年経った今、私は、妻として内藤を支えて来られて幸せだったと思っています」

「本当に、そう思うの。夫婦となってからだって、内藤さんが旧薩摩藩士であるために、気持が波立つこともあったのではないの」

声が震えそうになったけれど、どうしても確かめずにはいられなかった。

二十歳にもならぬ身で、父の遺骨をかき集め、川底に沈んだ兄の首級を捜し当て、そして、八重の胸で哀切きわまりない嗚咽を洩らしていたユキ。そのユキが、なぜ女として敵方の男を受け入れられたのか。敵方の妻として生きて来て幸せだったと、なぜ言い切れるのか。

自分はといえば、我ながら辟易するほど、あの戦の記憶や、会津が未だに朝敵の汚名を晴らせずにいること、薩長方への根深い怨念に囚われているというのに、ユキはなぜ……。

八重は、思いを込めてユキを見つめた。

「それはもちろん、気持が波立つどころか、頭がおかしくなりそうなときもありました。あの戦の後、焼け野が原となった郭内を目にしたときの胸が張り裂けるような哀しみ、父の遺骨や兄の首級を探していたときの泣くにも泣けない辛さ、斗南にいたときのひどいひもじさ……。そんなあれやこれやが、内藤の薩摩訛を聞くだけで、まざまざと思い起こされて。でも、訛や風習など枝葉のようなもの、夫婦となったからには、この人の根っこを見つめなければ。何度も何度も自分に強く言い聞かせて、私は内藤に向き合ったのです」

「……やっぱりユキさんも、たわまぬ節だったわね」

「え……」

「なよ竹の風にまかする身ながらも　たわまぬ節はありとこそきけ」

ユキの伯母、西郷千重子が自刃する際に詠んだ辞世だ。

「伯母様に負けず劣らず、ユキさんも真の誇りと強い信念を持っている。私は、ユキさんには到底かなわないわ」

「そんなこと。でも、もし私がたわまぬ節であるとすれば、それは、北海道の開拓に命懸けで取り組んできた内藤の生き方をそばで見てきたおかげです」

ユキが満ち足りた微笑を見せた。

誰かを心から愛し、尊敬することは、神を信じることに通じるものがある。揺るぎない愛情は、相手も自分自身も、そして周りの者をも幸せにする。

八重は、微笑むユキを見つめながら、そんなふうに思っていた。

風光る、という言葉は、北海道の夏にこそふさわしい。

広々と広がる大地。その果てに低く連なるなだらかな山々。陽差しは優しくきらめき、空は青く澄んでいる。

襄と八重は、襄の体調の良い日を選んで、札幌の町を散策した。ことに二人が好んで歩いたのは、大通だった。火防線を兼ねるという大通は、幅が五十八間（一〇五メートル）もある上に、一丁目から十二丁目まで町の中心部を南北に分けながら東西に延びる。その三丁目と四丁目には二千坪にも及ぶ花壇が設けられていて、存分に目を楽しませてくれるし、十丁目から西の屯田兵の練兵場では、時おり演習が行われていた。

「これが何よりの薬だな」

襄は、そよ風をたっぷり吸い込み、八重は、麦わら帽子に差した竹子の形見の簪を指先でそっと撫でる。歩き疲れた二人が休憩するのは、一丁目にある豊平館の食堂だ。

豊平館は、開拓使が造った高級西洋式ホテルで、最初の宿泊客は今上天皇だったという。

「ここまで本格的なものは神戸にも横浜にもないし、ここへ来ると、とても懐かしい気分になるよ」

確かに、真っ白い板張りの外壁に窓枠や軒に塗られた鮮やかな水色が見事に映えている様も、半円形に突き出した車寄せも、その上に設けられたバルコニーも、ロビーもビリヤード場もダンスパーティができる宴会場も、異国からそのままやって来たかのように思えた。

「ここで飲むコーヒーは、アメリカで飲んだのと同じ味がする」

「でしたら、私も精々レイディーらしくいたしませんとね」

こんな他愛無い会話も、襄の薬になっているようだ。また、八重にしても、ユキから斗南での話を聞いて再燃した薩長方への烈しい怒りや憎しみが、優しい陽差しと澄みきった風と襄との語らいによって、少しずつ宥《なだ》められていくのを感じるのだった。

八月に入っても、さして暑くなることはなく、襄は見違えるほど健やかに毎日を過ごしていた。ところが、札幌で過ごすようになって一カ月と一週間目に悲報が届けられた。襄の恩人、ハーディが亡くなったのだ。見ている方がいたたまれないほど落胆した襄は、とうとう寝込んでしまった。実の父の民治が亡くなったときよりも、深い嘆き哀しみようだった。

「お辛いですよね。淋しくてならないですよね。ハーディさんは、あなたにとってアメリカのお父様ですものね」

「わかっているんだ。天の父がハーディさんを至福の天に招かれたことも、すべての事柄を神の御手に委ねなければならないことも。それに、ハーディさんが、この煩いに満ちた世にあるより幸せであろうことも、十二分にわかっている。それでも、至らぬわたしは……」

襄は声を詰まらせ、頭から蒲団を被った。

「峰やお義父様が亡くなったときを振り返れば、今のあなたのお気持はよくわかります。頭と心は別なのです。だから、どうか悲しむ御自分を責めたりなさらないで」

せめて、気候の良いところにいたのが救いだった。蒸し暑さにあえぐ京都でこの悲報を受けていたら、襄の身体はどうなったことかわからない。

そう思うと、八重は、ハーディを天に召されるにあたって、神がちゃんと時期を選んでくれた気がするのだった。

心臓の調子が悪くなった襄は、それから十日あまりも床から出られなかった。福士が手配してくれた医者に朝晩往診してもらうものの、回復の足取りは遅く、八重は夜通し襄に付き添った。

「わたしはまだ死なないから、安心して寝なさい。あまり心配して寝ないでいると、わたしより先に八重が死んでしまうかもしれない。そうなれば、わたしが大困りだから、ゆっくり眠ってくれ」

そんなふうに言う襄の声に、少し力が戻ってきたのは、九月に入る頃だ。

「かれこれ三か月も、京都を留守にしているんだものな。同志社も心配だし、弁慶にも会いたいなあ」

床から離れる時間が増えるにつれ、襄はひんぱんに弁慶の名を口にした。

「京都もそろそろ涼しくなって来たでしょうし、弁慶も待ちかねているでしょうね。もうひとがんばりして、御身体を治しませんと」

八重の励ましと祈りの甲斐あって、九月の半ば近くには、道中行く先々で休養を取ることを条件に、医者から出立の許可が出た。

九月十六日、襄と八重は、福士夫妻や内藤兼備・ユキ夫妻などと別れを惜しみつつ、札幌を後にした。結婚以来、こんなに長い間二人きりで旅の空にあったのは初めてだ。襄が病に倒れる不運はあったものの、きらめく風の中に二人で寄り添っているような日々だった。

帰宅した襄と八重は、ちぎれるほどに尻尾を振る弁慶や、少し夏痩せしたとみや、夏痩せには縁のない美代に迎えられた。

「会いたかったぞ。お前のことばかり心配していたぞ」

「私のことは心配じゃなかったのかね。親より犬のほうが大事なんだね」

弁慶を抱き上げて頬ずりする襄に、とみは本気で怒っているようだった。

「お母様も子供じゃあるまいし、そんなに拗《す》ねることはないでしょう。弁慶が犬だと思うから腹が立つのです。これが人間なら、襄は子煩悩といわれるところですよ」

美代に諌められても、とみの機嫌はたやすく直らなかった。

しっかり者だったとみも、年を重ね、夫たる民治を喪って心細さが増しているのかもしれない。これからは、もっと細やかな気遣いをしなければ、と八重は胸に刻んだ。

翌日、覚馬の家に行くと、そこには難題が待ち受けていた。

久栄が、徳富健次郎と恋仲となり、結婚の約束までしているという。

健次郎は、徳富猪一郎の弟で、十年前から二年ほど同志社英学校に在籍して中退し、昨年三年の組に再入学した変わり種だ。確か二十歳かそこらのはずだが、八重から見ると、どことなく昏い翳があり、若者らしい精気に欠けている。

「私も覚馬も、お互いに学生なのだし、あなたはまだ十七なのだからと反対しているのだけど、久栄ときたら一向に聞く耳を持たなくて」

ため息まじりに言うさくも、傍らの覚馬も、ずいぶんやつれていた。

健次郎の説得には襄が、久栄には八重があたることにして、襄はさっそく健次郎に会いに行き、八重は久栄の帰りを待った。

「時恵と引き離した負い目もあって、久栄を甘やかしすぎたのかもしれぬなあ」

「あのときは、ああするしかなかったのです。私は、あれで良かったと思っていますよ。大切なのはこれからです」

肩を落とす覚馬に、八重はきっぱりと告げた。

いつの間に、こんなふうになったのだろう……。

女学校から帰って来た久栄を目にして、八重はまばたきを隠せなかった。目の上に切り下げた前髪も、長い髪に結わえた水色のリボンも、紫色の袴も短めのブーツも、その出で立ちは、八重が見慣れたものだ。しかし、肌理《きめ》の細かい頬や、丸みを帯びた肩先や、えくぼのできる手の甲が、薄紅色の紗《しゃ》の幕にでも包まれているように見える。それが、恋がもたらしたものなのか、あるいは花の盛りを迎えた娘が放つものなのか、八重にはわからなかった。

久栄の部屋で二人きりになると、八重は真正面から久栄と向き合った。

「徳富健次郎さんとのこと、聞きましたよ。本気なの」

「へえ。健次郎はんは、我が未来の妻へ、君が将来の夫より、と手紙に書いてきはりますし、うちは、私の最愛の夫へ、と返信に記してます」

久栄は臆する色も見せずに、さらりと答えた。

「あなたたちは、学業が本分で、恋愛にうつつを抜かしている分際じゃないのよ。そもそも、学生の身分で結婚を口にする男なんて、信用するに足らないでしょ」

「誰も彼も同じことを言わはりますねえ」

久栄がふわりと笑った。

「夫を呼び捨てにしてはる新婦人の叔母様やったら、もっとましなこと言わはるかと思うてましたけど、がっかりやわ」

「新婦人も旧婦人もあるものですか。学業をそっちのけで結婚だの何だのと、神の御前で胸を張れることじゃないでしょ」

「叔母様は、いつも御自分が正しいと信じてはりますもんな。迷うたり悔んだりしはらへんよって、そのぶん楽でよろしおすな」

久栄の口調は、顔つき同様ふわふわしている。それが八重を苛立たせた。

「私だって、迷いも悔いもあるわ。だけど、それを呑み込んで、常に正しい道を歩こうと努めているのよ」

「ふうん。そないなふうには見えへんかった。けど、それはそれで難儀なことやろな」

久栄が独り言のように洩らし、ふと八重の目を見つめた。

「叔母様は叔父様のこと、一人の男の人として愛してはりますの」

「もちろん。愛しているし、尊敬もしているわよ」

「夫に対する愛と尊敬って、どう違うんですやろか」

考えてもみなかったことを訊かれて、八重は返答に困った。

「うちから見たら、叔父様と叔母様は、えらい優しい先生と出来のええ生徒みたいでおます。うっとこには、お母ちゃんがいてはらへんし、夫婦いうんがどないなものか、うちには今一つわからへんのです」

皮肉のかけらもない声音だったが、その言葉は、八重の心の柔らかい襞《ひだ》に突き刺さった。

「あなたの質問への答えは、宿題にさせてちょうだい」

「やっぱり、出来のええ生徒でいてはる」

にっこり微笑む久栄は、札幌大通の花壇に咲いていたグラジオラスのように美しかった。

どうにも摑みどころのない子だ。

八重は内心ため息をついた。が、母親代わりとしては、このままにはしておけない。

その日から、久栄は新島家で預かることにした。

健次郎のほうは、襄の説得を受けて、久栄を諦めて東京へ行くと言い出したものの、久栄のために前途を棒に振る真似をしてはいけないと再び諭され、同志社に残って学業専一に励むことを礼拝堂で誓った。

健次郎の将来を考えれば一安心だが、健次郎と久栄が同じ敷地にある学校に通っていると思えば、一抹の不安は拭えない。八重は、弁慶の散歩を兼ねて、久栄の登下校に付き添い始めた。久栄に反発されたり、鬱陶しがられるのは承知の上だった。けれども、久栄は迷惑顔をするどころか、弁慶を連れた八重と並んで歩くのを楽しんでいるようだった。

御所の塀に沿って歩く道々話すのは、紅葉が色づいてきたとか、授業中に隣の席の生徒が大きなくしゃみをしたので驚いて飛び上がってしまったとか、とりとめないことばかりだ。時おり屈託ない笑い声を響かせる久栄を弁慶が目を丸くして見上げたりして、それが可愛らしいと、久栄と八重は微笑み合う。日ごとに冬の気配が濃くなっていく中、のどかな時間が流れていった。

健次郎が新島家にやって来たのは、襄と八重が、健次郎も久栄もこれで落ち着くだろうとうなずきあった矢先のことだ。その日、襄はまだ帰宅していなかった。

「一目で良いですから、どうか久栄さんに会わせてください」

応対に出た八重に、健次郎は必死の面持ちを見せた。

「あなたは、久栄のことはすっぱり諦めて、学業に専念すると礼拝堂で誓ったはずでしょう。それからわずかひと月ほどですよ。こんなにも早く、神の御前での誓いを破るのですか」

「お願いです。この通りお願いします」

健次郎が玄関先で土下座した。

ここで突っぱねて追い返すのは難しくない。しかし、それでは同じことを繰り返すだけだ。

「あなたと会うかどうか、久栄本人に決めさせましょう」

八重は踵を返して久栄が使っている部屋に向かった。

「健次郎さんが、どうしても会いたいって待ってるけど」

「あないな大声出さはるんやもの、聞こえてましたわ」

久栄の口ぶりはどこか素っ気ない。

「二人きりになるのは許さない。それで良ければ」

「なんや面倒くさいなぁ」

久栄が八重を遮ってつぶやいた。その言葉に八重は虚を衝かれる。

「どうして。最愛の夫へ、と返信に記すくらい好きだったんでしょ」

「それが叔母様。うち、ようわからへんようになってもうたんです。だいたい、男の人を好きになるいうんがどないなことか、ほんまに健次郎はんを好きやったんか、今はようわからへん。ほんまのとこは、ちょっと優しゅうしてくれる人やったら、誰でも良かったのかもしれへんわ」

長い睫の下の鳶色の目が、ぼんやりと霞んでいた。夢見るような淡い微笑が浮かんでいた。

八重は、久栄の顔を少し不気味な思いで見つめた。

「うち、しつこい人は嫌いですねん。健次郎はんには、もう二度と会いとうないって、そない伝えてください」

「本当に、それでいいのね」

「へえ。よろしゅおます」

久栄は微笑を消さず、歌うように答えた。

一人で引返してきた八重を見て、健次郎があからさまに落胆の色を浮かべた。

「久栄は、金輪際あなたに会う気はない、と言っています」

「嘘だッ。わたしが来ていると、ちゃんと伝えてくれたのですか」

健次郎は、八重の二の腕に摑みかからんばかりだ。

「伝えるも何も、あなたの声は久栄の耳に届いていました。その上で、そう言っているのです」

「そんなはずはありません。もともと、あの蕩《とろ》けるような目つきでわたしを誘惑したのは、久栄さんのほうですよ。久栄さんのほうから、わたしにモーションをかけてきたのです」

「たとえそれが事実だったにせよ、男たるもの、女のせいにするのは卑劣ですよ」

八重は怒りを抑えて、静かに続けた。

「今のあなたの言葉は聞かなかったことにします。ですから、今度こそ心を入れ替えて、本分である学業にお励みなさい。あなたがこのような有様であるとお知りになったら、親御さんもお兄様の猪一郎さんも、ひどく哀しまれるに違いありません」

「わたしは……わたしは、一生奥様を恨みます」

健次郎が血走った目で八重を睨みつけてきた。

顔から血の気が引いていくのがわかった。目の前にいるのは、まるでもう一人の自分だ。その理由にはまさしく天と地ほどの差があるとはいえ、胸に恨みを抱いているかぎり、自分もまた健次郎と同じような目をするはずだ。

「それで気が済むのなら、どうぞお恨みなさい。その恨みを心の力に変えて、未来に向かうのです」

八重は、健次郎と、そして自分自身に向かって言った。

健次郎がだっと身を翻した。

どうか健次郎さんをお守りください。お導きください。

遠ざかる背中を見つめつつ祈りを捧げていると、背後で欠伸《あくび》をする気配がした。

「やれやれ。やっと帰らはった」

弁慶を抱いた久栄が、扉の陰から首を伸ばしている。

「そんなこと言って。健次郎さんに気の毒ですよ」

「そうやろか。うちは、叔母様に似て正直なだけやけど。なあ、あんたもそない思うやろ」

久栄は弁慶の長い耳を摑み、それで自分の顔をぱたぱたと扇《あお》いだ。弁慶が久栄の腕の中で身をよじった。

「ところで、叔母様。例の宿題の答え、まだくれはらへんの」

考えに考え、自分自身の心をじっくり見つめた末に、答えは出ていた。けれど、何となく気恥ずかしくて、なかなか口にできなかったのだ。

「そうね。そろそろ答えなくてはね」

八重はゆっくりと久栄に歩み寄った。

「ほかの人はいざしらず、私にかぎっては、夫に対する愛と尊敬はイコールだわ。それに、あなたが言った通り、襄と私は先生と生徒みたいなものかもしれない。ただし、襄がとても優しい先生だというのは間違いないけれど、私は、出来の悪い生徒なのよ」

「ふぅん。そうなんや」

気のない返事をした久栄は、弁慶を床に下ろして自分の部屋に戻って行った。八重は、何やら肩透かしを食らったような気分でその場に屈み込み、まとわりついてくる弁慶を撫で回した。

そんな夫婦のかたちがあっても良いではないか。

そっと胸につぶやく八重の膝に、弁慶が鼻面を擦りつけて来た。

襄は、男も女も等しく神に導かれる身だ、と言った。それすら、八重には教えだった。しかも、襄が招き寄せてくれた信仰の道によって、八重は、会津の戦以来、心から欠け落ちてしまったもの、どうしても埋められなかったものを徐々に取り戻すことができたのだ。

思えば、初めて会ったにもかかわらず、ゴルドンの家で激しい言い争いをしてから今日までの間、襄は様々な顔を見せてくれた。比類ない努力家で、熱意に満ちた教育者で信仰家。愛妻家で料理上手のジョーク好き。激情の持ち主で、散らかし屋さんの大きな子供。

そのどれもが、八重の救いだった。襄の人生のテーマともいえる愛と赦しは、八重の心をも支えてくれた。

八重が生涯をかけて探そうと決意したものの答えは、まだはっきりとは見つかっていない。けれども、いずれ必ず見つけ出せると確信できる。

「みんな、襄のおかげだわ。ねえ」

弁慶の首を抱えて頬ずりすると、弁慶がくぅんと甘えた声で応えた。

＊　　＊　　＊

昭和三年九月二十八日。待ちに待ったときが、ついに訪れた。

この日、大正天皇の第二皇子であらせられる秩父宮雍仁《ちちぶのみややすひと》親王と旧会津藩主・松平容保公の御孫様でいらっしゃる勢津子姫とのご成婚の儀が執り行われた。

会津の姫が、皇室に入る。

それは、取りも直さず、逆賊と呼ばれ、朝敵とされた会津の汚名返上にほかならなかった。会津は、あの戦から実に六十年ぶりにして、ようやく汚名を雪《すす》ぐことができたのだ。ついに、薩長と同じ地平に立てたのだ。

八重にとって、いや、旧会津藩に連なるすべての人々にとって、この歓びは何事にも代えがたい大きなものであった。

　いくとせか　峰にかかれるむら雲の
　　晴れてうれしき光をぞ見る

八重は、長年の悲願成就の歓びを歌にこめた。

旧暦と新暦の違いはあるにせよ、八重たちが開城した会津若松城を立ち退いたのが、奇しくも明治元年の九月二十三日だ。それを思うと、血肉の底まで震わせるほどの歓喜が湧いてくる。

振り返れば、遥かな道のりだった。わずか十四年間の結婚生活を経て、襄が天に召されてからでさえ、もう三十八年にもなる。

「八重だからこそ、成し得ることは、たくさんある。……グッバイ。また会おう」

最期に襄は、八重にそう言い遺して息を引き取った。

その三か月後、八重は、自分だからこそ成し得ることを果たすため、会津人としての義と誇りを示すため日本赤十字社の正会員となった。日清戦争の際には、広島の陸軍予備病院に赴き、篤志看護婦として従軍した。四十人の看護婦を束ねて四か月間にわたり怪我人の看護に懸命に励む一方、看護婦の地位向上に努めた功績が認められ、翌年、勲七等宝冠章を授与された。日露戦争では、還暦を迎えた身で大阪の予備病院で篤志看護婦として従軍し、勲六等宝冠章を授けられた。いついかなるときも、八重は会津人たる自分を忘れず、一心に身を尽くした。

二つもの勲章は新島八重に、というより、一人の会津女性に戴いたものだ。確かに嬉しく、大変名誉なことであった。しかしそれとて、会津の汚名返上が叶った今日のこの歓びには、到底及ばない。薩長に対する、ちょっと指先を触れただけで噴き上げるようなあの烈しい怒りも、身を裂かれるような深い恨みも、自分で自分が恐ろしくなるほどの強い憎しみも、今やすっかり拭い去ることができている。いつか竹子と会うときには、胸を張って会えるだろう。

その夜、竹子の形見の簪を手にして、八重は庭に出た。城から立ち退く前夜と同じように、銀色の月が中天に皓々と輝いていた。

「竹子さん。やっと……やっと、この日を迎えましたよ」

簪に語りかける声が、我知らずのうちに潤んでいた。

「六十年。本当に長い歳月でしたねえ。何しろ、私がこんなお婆さんになってしまったくらいですもの」

六十年も昔のことなのに、月明かりを浴びていると、会津若松城三の丸の広大な操練場や、的場や薪蔵や番所のたたずまいが、瞼の裏に蘇る。あの夜あてもなくさまよった雑木林も、歌を刻み記した雑物蔵も。

月の光は、雑物蔵の白壁に冴えわたっていた。竹子の簪も、綺麗に輝いていた。

「あの晩に見た月影が、今日まで私を導いてくれたのでしょうね」

そうだ。開城の夜に見た月影が、ずっと道を照らしてくれていた。八重は、ただひたすらに、その道を歩き続けてきたのだ。

そして、これからも歩いていく。命尽きるその瞬間《とき》まで。

八重は、手をいっぱいに伸ばして、竹子の簪を月にかざした。

そんなはずもないのに、八重が竹子になぞらえた紅梅のほのかな香りが、あたりを包んでいる気がした。

了

参考文献

「幕末会津藩」　歴史春秋出版
「新島八重子回想録」　永沢嘉巳男編　大空社
「女たちの会津戦争」　星亮一著　平凡社新書
「会津鶴ヶ城の女たち」　阿達義雄著　歴史春秋出版
「会津戊辰戦争史料集」　宮崎十三八編　新人物往来社
「新島襄の手紙」　同志社編　岩波文庫
「新島襄　人と思想」　井上勝也著　晃洋書房

本書は「文春文庫」のために書き下ろされたものです

●DTP制作　ジェイ　エスキューブ

文春文庫

月《つき》影《かげ》の道《みち》 小説《しょうせつ》・新《にい》島《じま》八《や》重《え》

定価はカバーに
表示してあります

2012年10月10日　第1刷

著　者　蜂《はち》谷《や》　涼《りょう》

発行者　羽鳥好之

発行所　株式会社　文藝春秋

東京都千代田区紀尾井町 3-23　〒102-8008
TEL　03・3265・1211
文藝春秋ホームページ　http://www.bunshun.co.jp

落丁、乱丁本は、お手数ですが小社製作部宛お送り下さい。送料小社負担でお取替致します。

印刷・大日本印刷　製本・加藤製本

Printed in Japan
ISBN978-4-16-776004-5

（　）内は解説者。品切の節はご容赦下さい。

新田次郎
槍ヶ岳開山
妻殺しの罪を償うため国を捨て、厳しい修行を自らに科した修行僧・播隆。前人未踏の岩峰・槍ヶ岳の初登攀に成功した男の苛烈な生き様を描いた長篇伝記小説。「取材ノートより」を併録。
に-1-38

半村　良
暗殺春秋
研ぎ師・勝蔵は剣の師匠・奥山孫右衛門に見込まれて暗殺者の裏稼業を持つようになる。愛用の匕首で次々に悪党を殺すうち次第に幕府の暗闘に巻き込まれ……痛快時代小説。（井家上隆幸）
は-2-15

林　真理子
本朝金瓶梅《ほんちょうきんぺいばい》
江戸の札差、西門屋慶左衛門は金持ちの上に女好き。ようじ屋の看板おきんを見初め、妻妾同居を始めるが……。悪女おきん登場！　エロティックで痛快な著者初の時代小説。（島内景二）
は-3-32

林　真理子
本朝金瓶梅　お伊勢篇
慶左衛門は江戸で評判の女好き。噂の強壮剤を手に入れるため、お伊勢参りにかこつけて二人の妾と共に旅に出たが……。色欲全開、豪華絢爛時代小説シリーズ第二弾登場。（川西政明）
は-3-34

蜂谷　涼
螢火
染み抜き屋のつるの元に、今日も訳ありの染みが舞い込む。明治から大正に移り変わる北の街で、消せない過去を抱えた人々が織りなす人間模様。心に染みる連作短篇全五篇。（宇江佐真理）
は-35-1

蜂谷　涼
へび女房
明治維新でふぬけになった元旗本の亭主の代わりに奮闘する女房、金髪の子を産み落とした明治政府高官の妻。激動の時代の女の心模様を繊細に描ききった情感あふれる四篇。（縄田一男）
は-35-2

葉室　麟
銀漢の賦
江戸中期、西国の小藩で同じ道場に通った少年二人。不名誉な死を遂げた父を持つ藩士・源五の友は、いまや名家老に出世していた。彼の窮地を救うために源五は……。（島内景二）
は-36-1

（　）内は解説者。品切の節はご容赦下さい。

葉室 麟
いのちなりけり
自ら重臣を斬殺した水戸光圀は、翌日一人の奥女中を召しだした。この際、御家の禍根を断つべし——。肥前小城藩主への書状の真意は。一組の夫婦の絆の物語が動き出す。（縄田一男）
は-36-2

畠中《はたけなか》 恵
まんまこと
江戸は神田、玄関で揉め事の裁定をする町名主の跡取・麻之助。このお気楽ものが、支配町から上がってくる難問奇問に幼馴染の色男・清十郎、堅物・吉五郎と取り組むのだが……。（吉田伸子）
は-37-1

畠中 恵
こいしり
町名主名代ぶりは板についてきたものの、淡い想いの行方は皆目見当がつかない麻之助。両国の危ないおニイさんたちも活躍する、大好評「まんまこと」シリーズ第二弾。（細谷正充）
は-37-2

平岩弓枝
妖怪
水野忠邦の懐刀として天保の改革に尽力しつつも、改革の頓挫により失脚した鳥居忠耀。〝妖怪〟という異名まで奉られた悪役の実像とは？　官僚という立場を貫いた男の悲劇。（櫻井孝頴）
ひ-1-75

平岩弓枝
御宿かわせみ
「初春の客」「花冷え」「卯の花匂う」「秋の蛍」「倉の中」「師走の客」「江戸は雪」「玉屋の紅」の全八篇を収録。江戸大川端の小さな旅籠「かわせみ」を舞台とした人情捕物帳シリーズ第一弾。

ひ-1-81

平岩弓枝
華族夫人の忘れもの
新・御宿かわせみ2
「かわせみ」に逗留する華族夫人の蝶子は、思いのほか気さくな人柄。しかし、常客の案内で、築地居留地で賭事に興じて、るいの留守を預かる千春を心配させる。表題作ほか全六篇を収録。
ひ-1-117

火坂雅志
黄金の華
徳川幕府は旗下の武将たちの働きだけで成ったわけではない。江戸を中心とした新しい経済圏を確立できたこともまた大きい。その中心人物・後藤庄三郎の活躍を描いた異色歴史小説。

ひ-15-2

（　）内は解説者。品切の節はご容赦下さい。

火坂雅志
壮心の夢
秀吉の周りには彼の出世とともに、野心を持った多くの異才たちが群れ集まってきた。戦国乱世を駆け抜けた男たちの姿をあますところなく描き尽くした珠玉の歴史短篇集。（縄田一男）
ひ-15-4

火坂雅志
天地人（上下）
主君・上杉景勝とともに、信長、秀吉、家康の世を泳ぎ抜いた名宰相直江兼続。〝義〟を貫いた清々しく鮮烈なる生涯を活写する長篇歴史小説。ＮＨＫ大河ドラマの原作、遂に登場。（縄田一男）
ひ-15-6

久木綾子
見残しの塔　周防国五重塔縁起
五重塔建立に関わった番匠たち、宿命を全うする男女の姿を、綿密な考証と自然描写で織り上げた、感動の中世ロマン大作。取材14年、執筆4年、89歳新人作家衝撃のデビュー作。（櫻井よしこ）
ひ-25-1

藤沢周平
花のあと
娘盛りを剣の道に生きたお以登にも、ひそかに想う相手がいた。手合せしてあえなく打ち負かされた孫四郎という部屋住みの剣士である。表題作のほか時代小説の佳品を精選。（桶谷秀昭）
ふ-1-23

藤沢周平
蟬しぐれ
清流と木立にかこまれた城下組屋敷。淡い恋、友情、そして忍苦。苛烈な運命に翻弄されながら成長してゆく少年藩士の姿をゆたかな光の中に描いて、愛惜をさそう傑作長篇。（秋山　駿）
ふ-1-25

藤沢周平
隠し剣秋風抄
ロングセラー〝隠し剣〟シリーズ第二弾。凶々しいばかりに研ぎ澄まされた剣技と人としての弱さをあわせ持つ主人公たち。粋な筆致の中に深い余韻を残す九篇。剣客小説の金字塔。
ふ-1-39

藤沢周平
無用の隠密　未刊行初期短篇
命令権者に忘れられた男の悲哀を描く表題作ほか、歴史短篇「上意討」、悪女もの「佐賀屋喜七」など、作家デビュー前に雑誌掲載された十五篇を収録。文庫版には「浮世絵師」を追加。（阿部達二）
ふ-1-44

（　）内は解説者。品切の節はご容赦下さい。

古川　薫
吉田松陰の恋
野山獄に幽閉されていた松陰にほのかな恋情を寄せる女囚・高須久子。二人の交情を通して迫る新しい松陰像を描く表題作ほか、情感に満ちた維新の青春像を描く短篇全五篇。（佐木隆三）
ふ-3-3

古川　薫
斜陽に立つ
乃木希典と児玉源太郎
乃木希典は本当に「愚将」なのか？　戊辰戦争から運命の日露戦争、自死までの軌跡を、児玉源太郎との友情と重ね合わせながら血の通った一人の人間として描き出す評伝小説。（重里徹也）
ふ-3-17

藤井邦夫
養生所見廻り同心　神代新吾事件覚
指切り
北町奉行所養生所見廻り同心・神代新吾。南蛮一品流捕縛術を修業する若く未熟だが熱い心を持つ同心だ。新吾が事件に挑む姿を描く書き下ろし時代小説「神代新吾事件覚」シリーズ第一弾！
ふ-30-1

藤井邦夫
養生所見廻り同心　神代新吾事件覚
花一匁
養生所に担ぎこまれた女と謎の浪人の悲しい過去とは？　白縫半兵衛、手妻の浅吉、小石川養生所医師小川良哲らの助けを借りながら、若き同心・神代新吾が江戸を走る！　シリーズ第二弾。
ふ-30-2

藤井邦夫
秋山久蔵御用控
傀儡師《くぐつし》
心形刀流の使い手、「剃刀」と称され、悪人たちを震え上がらせる、南町奉行所吟味方与力・秋山久蔵の活躍を描くシリーズ14弾が文春文庫から登場。何者にも媚びない男が江戸の悪を斬る!!
ふ-30-5

藤原緋沙子
切り絵図屋清七
ふたり静
絵双紙本屋の「紀の字屋」を主人から譲られた浪人・清七郎は、人助けのために江戸の絵地図を刊行しようと思い立つ。人情味あふれる時代小説書下ろし新シリーズ誕生！（縄田一男）
ふ-31-1

藤原緋沙子
切り絵図屋清七
紅染の雨
武家を離れ、町人として生きる決意をした清七。与一郎や小平次らと切り絵図制作を始めるが、紀の字屋を託してくれた藤兵衛からおゆりの行動を探るよう頼まれて……新シリーズ第二弾。
ふ-31-2